私達は、月が綺麗だねと囁き合うことさえできない

神田澪
Mio Kanda

大和書房

CHAPTER

1

『幸せに暮らしました』は消え先の八文字だけを残した絵本

SIDE: NATSUNA

恋をしている。
文字だけで繋がっている人に。
朝は身体を起こすよりも先に
返信が来ていないか確認するのが習慣になった。

『写真、ありがとう』

メッセージを視線でなぞるだけで、世界が鮮やかに色づいていく。
十五歳の私はまだ知らない。
いつ途絶えるか分からないこの恋が、十年先も続いているだなんて。

『君の友人になりたい』

知らないアドレスから届いたメッセージに、ほんの少し心が揺れた。

四月。

スマホから顔を上げると、車窓の向こうに満開の桜が見えた。

『訳あって、僕は身の回りに友人がいなくて』

怪しすぎる。

詐欺か何かかもしれない。

そう思うのに、気がつけば『私もです』と返事を送っていた。

電車は川に架かった橋の上を進む。

どうして返事なんか、と学校に着いてから
猛烈に恥ずかしくなってきた。
誰かの悪戯かもしれないのに。

怪しさ満点の上、何時間経っても返事は来ない。

一日中ため息ばかりついていた。
けれど返事を待つ間は他の悩みを忘れられた。

このクラスで孤立していることでさえも。

『返事をくれてありがとう』

返信が来たのは二日後のこと。
相手も私がメッセージを送り返したことに驚いている様子だった。
言葉の端々に喜びが滲んでいるのが分かる。

いい人かも、なんて思った。
会ったこともないのに。

差出人曰く、アドレスはでたらめに打ったらしい。
遠い土地で暮らす友人が欲しくて。

『どこに住んでるんですか』

その文字を打つ時には不安よりも好奇心の方が勝っていた。

からかいの類だったとしても、まあ文章だけなら。

そんな気楽さを感じ始めていた。

東京生まれの私は、修学旅行以外でこの都市から出たことがない。

返事はまた二日経ってから届いた。

差出人は海外に住んでいるらしい。

差出人はエルと名乗った。
エル、エル、と部屋の中で声に出してみる。

私は少し迷った後
『私はナツナ。東京住みで、海外の人とやりとりをするのは初めてです』
と書いて送った。本名だ。

名字は伏せたし、これだけで個人が特定されることはないだろう。
両親には隠したまま、私はその後もやりとりを続けた。

私の右頬には大きな痣《あざ》がある。
これは生まれつきで、今となっては見慣れたものだ。
幼い頃、両親は必死になってこの赤黒い痣を消そうと
病院を訪ねて回ったらしい。
けれど鏡に映る私の顔にはまだ色濃く残っている。
きっと死ぬまで消えない。
だから、文字だけで人とやりとりをするのは悪くない気分だった。

「今の見た？」

「こわ。化け物かよ」


高校の昼休み。

廊下を歩いていると、背後からそんな声が聞こえてきた。

知らない生徒だ。

気にしない気にしない、と自分に言い聞かせて足早に去る。

「お前、こっち側歩けよ。触ったら感染《うつ》りそうじゃん」

「はあ？　俺を犠牲にすんなって」

別に、感染るものじゃないのに。

こういう時、前までは苛々したり呆れたりしていた。
けれど今は少し違う。

こう思うのだ。
なんとなくやりとりを続けているエルも、
私の姿を見たら連絡が途絶えるだろうかと。
妙な気分だった。人で溢れ返る廊下を歩きながら、
海の向こうに住む人のことを考えている。
その時声をかけられた。

「何してんの」

階段を上がってくる人物と目が合った。

ミナトだ。

彼は私の幼馴染で、この学校で唯一浅からぬ関わりのある生徒だ。

「ちょっと購買に……」

「へー。もうそろそろ昼休み終わるから急ぎなよ？」

そう言ってニヤッと笑う。

ミナトの周りにいた彼の友人達は驚いた顔をしていた。

「幼馴染って噂、ほんとなんだ」

友達がいないというエルに『私も』と伝えたけれど、例外が二人いる。

一人は幼馴染のミナト。

陽気でいつも人に囲まれている。
クラスが違うので話すのはほんの時々。

もう一人はフーカ。

中学時代の同級生で、今は別の高校に通っている。
漫画好きで、私の痣を
「強キャラっぽい。最高」と称えた変わり者だ。

例外はあれど、私が毎日通うのは誰も味方がいない教室だ。
まるで監獄のような。

ある生徒は悪意を隠すことなく、
またある生徒は腫れ物に触るように扱ってくる。

クラスメイトが皆入っているというグループチャットには
もちろん私だけ招待されていない。

どうせ中身は悪口ばかりだろうから、別にいいけど。

休み時間、騒がしい教室の中でエルとのやりとりを見返した。
そうしている間は意識が遠くにいくので少し気が紛れる。

『昼は暑いなので』
『こばんは』

エルの文章は構文ミスや脱字が多い。

こちらの言葉は勉強中のようで、
念のため『文章の間違いを指摘してもいいですか？』と聞くと
『ぜひ』と返ってきた。

エルの年齢が分からないので、なんとなく敬語を使っている。
『改めて自己紹介をしませんか。まだ年齢も知らないし』
そう送ってから二度夜が明け、返事が来た。
『僕は十五歳だ。本をよく読む。他に知りたいことはあるか？』
驚いた。まさか同い年だったとは。
すぐに返事を書いた。
『本当？　私も十五歳なの』

『改めまして、私はナツナ。
高校一年生で、得意なのは数学。
勉強ばっかりしてるから趣味ってないかも。
ピアノは昔習ってたけど』

我ながら面白みのない自己紹介文だ。
こういう風に自分のことを説明するのは随分久しい気がする。
エルへの質問は山ほど頭に浮かんだ。

『好きな食べ物は？　兄弟は何人いる？』

『好きの食べ物は果物』

好きな食べ物ね、と訂正しつつも
その小さな間違いが可愛らしく思えた。
エルが住んでいるという中東の小国は果物の生産が盛んなのだという。

遠い地を思った。

東京から飛行機に乗ると、
向こうの首都に着くまで二十時間以上かかる。
高校生の自分にとっては、途方もない遠さだった。

『私の好きな食べ物はお寿司。特にサーモンが好き。
ちなみに、好きな飲み物はミルクティー』
エルが理解しやすいよう、意識してシンプルな文章を書く。
『お寿司は何？』
あれ、お寿司は海外でも有名だと思ったのに。
『お寿司って何、ね。握った酢飯の上に魚介類をのせた料理だよ』
念のため写真も送った。

お寿司の写真は想像以上にエルを喜ばせた。

『綺麗。僕の国は海が遠い。初めて見た。宝石のような料理だ』

私はクスッと笑った。

お寿司に対して美味しそうとは思っても、
綺麗とは思ったことがなかった。
違う文化の中で生きる人と関わるのって面白い。ワクワクする。

エルのことを、もっともっと知りたい。

「お前ほんとそればっか飲んでるよね」

昼休み。

中庭で紙パックに入ったミルクティーを撮影していると、

ミナトに声をかけられた。今は一人のようだ。

「つーかその写真なんだよ？

あはは、地味すぎ。いいねつかないよ？」

私はムッとして答えた。そんなの分かっている。

「いいの。友達に送るだけだから！」

「へー友達。友達ね……。
そんな写真で喜ぶヤツなんかいるの？　地球外生命体？」
ミナトは笑い混じりに言った。
今日は意地悪をしたい気分のようだ。
「外国人の友達ができたの」
私の返事にミナトはあっそう、とだけ反応した。
珍しい。もっとぐいぐい追及してくるかと思ったのに。
彼の表情は見えなかった。

肌にじっとりとした暑さを感じる季節になっても、
私とエルとのやりとりは続いていた。

彼はなぜか二日に一回しか返事をしないけれど（忙しいのだろうか）
それ以上連絡が空くことはない。

近頃は文法ミスも減り、
間違いを指摘する機会は随分少なくなった。

頭のいい人なのだろうな、とぼんやり思っていた。

『僕はスクールには行っていない。
普段は仕事をしている。
どんな仕事かは、まあ、内緒だ。
あまり気にしないで、ナツナのことを教えてほしい』

エルは貧しい地域に住んでいるそうだ。

仕事をしないと生きていけないのだろう。
賢い人なのに、もったいないな。

学校帰り、鞄の中に入れた教科書が重く感じた。

初めて返事を受け取った時は夢かと思った。
それからメッセージの内容を読んでさらに目を丸くした。

『私もです』

予想だにしなかったその四文字が僕の心に染みついて消えない。
こんな偶然があるのだろうか。
暗い部屋で『返事をくれてありがとう』と文字を打つ。
ほんの少し、悪いことをしている気がした。

ナツナは同い年で、スクールに通っているらしい。
こんな怪しいメッセージに何度も何度も返信をくれている。
真面目な性格なのだろう。

間違いを指摘する前に
『指摘してもいいですか?』と断りを入れる気遣いには面食らった。
その優しさが眩しい。

だからこそ胸が重くなった。

僕はナツナに嘘をついている。

昼休み、クラスメイト達は相変わらず騒がしくしていた。

私は学校支給のタブレット端末を机の上に置き、次の授業の予習を始めた。

「ジャンケンで負けたやつ、あいつに話しかけてこいよ」

ある男子生徒が私を指差しながら笑う。

それを聞いた生徒の一人は首を横に振った。

「罰ゲームにしても嫌すぎだから」

『学校で嫌なことがあって、今日は落ち込んでる。
学校に行けるってだけで幸せなのにね。
つまらない話をしてごめん』

両親には心配をかけたくなくて、昼間のことは言えていない。

エルに伝えても困らせるだけなのに、
今日は弱音を吐かずにはいられない気分だった。

送信ボタンを押すと少し心が軽くなった。

『そうか。大変だったんだな。
君を元気にする方法が分からなくてもどかしい』
大丈夫だよと呟く。
エルの返事を読んだだけで心が澄んでいく気がした。
メッセージには続きがあった。
『それから、本当のナツナを知れた気がして僕は嬉しかった。
楽しい話も、つまらない話も、
もっとたくさん聞かせてほしい』

私はスマホをぎゅっと握りしめた。

良かった。ホッとした。

正直、あのメッセージを送ったことを後悔していたのだ。

けれども彼は想像もしなかったような言葉で包み込んでくれた。

言葉は見えないお守りになる。

『つまらない話も、もっとたくさん聞かせてほしい』

という一言は、私の心に何度も熱を灯した。

「ほーん？　要するにアンタ、
その偶然知り合ったっていうペンフレンドにお熱ってわけね」
土曜日。
私にとってたった一人の女友達であるフーカは
うちに遊びにくるなりそう言った。
「お熱って。違うよ、大事な友達ができたってこと」
まったく何を誤解しているんだか。
頭を振る私をフーカは黙って見ていた。

「ま、いいんだけどさ。それよりアタシの新作読んでよ」

手渡されたのはフーカのタブレット。

画面にはダークな雰囲気の漫画が表示されていた。

漫画研究会に所属している彼女は

時々こうやって私に感想を求めてくる。

「ねえ、またバッドエンドじゃないよね？」

「ハ？　アタシがそれ以外書くわけないでしょ」

『六十点のハッピーエンドより百点のバッドエンド』
それがフーカの美学らしい。
私には正直よく分からないし、
彼女の漫画を読むとただただ胸が痛む。

新作は恋愛モノだった。当然叶わぬ恋の物語だ。

恋人なんて一度もできたことのない私でも
最後まで読むと泣きそうになった。

「つらすぎるよ」
「でしょ?」

「毎度、ほのかな希望を見せた後で
地獄のような展開が繰り広げられるね……」
新作は、想像を超える最悪の結末を迎えた。
主人公はなぜか納得した顔をしていたけれど。
「やだわ、そんなに褒めないでよ」
フーカは恥ずかしそうに頬を染めた。
その変わった女の子は、私の痣をちっとも怖がらない貴重な人だ。

夜、宿題を進めている間も
フーカとのやりとりが脳内でリフレインした。

「アンタ、その大切なオトモダチってやつと
次のステップに進みたいなら……」

「つ、次なんてないよ」

必死で否定してもフーカは笑顔を崩さない。

眼鏡のブリッジを人差し指で押し上げて言う。

「そうねぇ、通話でもしてみたらどう？」

一問一答のようだったメッセージのやりとりは、
いつの間にか交換日記のような長文になっていた。

高校の授業で習ったこと。
読んだ本のこと。
辛かった出来事。

どんな内容でもエルは丁寧に返事を書いてくれるから、
ついあれもこれも追記したくなる。

それでもまだ、なんとなく通話の件は切り出せずにいた。

エルはあまり自分のことを語らない。
けれど季節が冬に近づくと、
彼について知っていることも多くなってきた。
仕事をしながら一人で暮らしていること。
家にはカロンという名前のネズミが住み着いていること。
彼はカロンを『イトネズミの一種だ』と語った。
私は首を捻《ひね》った。
ハリネズミの間違いだろうか？

『気を悪くしたらごめんね。
そっちの国ではネズミって駆除の対象じゃないの？』
失礼かもしれないけれど、つい気になって聞いてみた。
所変われば品変わる、というやつだろうか。
返事はあっさりしたものだった。
『ああ、こちらの国でも駆除の対象だ。
だがカロンは家を荒らさないからそのままにしている』

「げ。お前何調べてんの」

昼休み。生徒の少ない図書室で生物図鑑を広げていると、背後からミナトの声がした。

私の頭上から図鑑を覗き込んでいる。

「ネズミ。ペットにできるかなと思って」

「いや、厳しいっしょ」

正直、ミナトの意見に頷かざるを得なかった。

今更だが、エルは変わり者なのかもしれない。

両親に連れられてスカイツリーに来た。
午後五時、天望デッキから眺める街は茜色に染まっている。
無数のビルの影と絶え間なく川沿いを進む車の流れ。
まるで手を入れすぎた絵画のようだ。

一枚写真を撮って彼に送った。
もう何度目になるだろう。

この頃、空が美しいことに気づくといつも彼に送りたくなる。

SIDE: EL

砂の大地に立っている。

ふと見上げた空は、青がどんどん濃くなっていた。

「何をボサッとしている。さっさと進め」

後ろを歩いていた仲間の一人に肩を突かれた。

「ああ……悪い」

疲労の溜まった身体を引き摺るように歩きながら、
遠い地で生きるあの子のことを思った。

今度はどんな写真をくれるだろうか。

ある朝、カロンが棚の上に置いていた果物に歯を立てようとしているのを見た。

「駄目だ」

僕は素早く果物を取り上げた。

この小さな動物は同じ家で過ごす仲間だが、ペットではない。
実際、餌付けをしたことは一度もなかった。
手助けなしに生きてもらわないと困る。
僕は明日死んでもおかしくないのだから。

『君が写っている写真はないのか?』
ある日、ついにその質問が飛んできた。
当然か、と天を仰ぐ。
この頃彼の反応を知るのが楽しくて写真ばかり送っていたのだ。
私は正直に告げた。
『右頬に大きな痣があるの。あんまり見られたくなくて』
『そうなのか。まあ僕は、
君に目が三つあったって構いはしないが』

エルの言葉にはさすがにドキッとさせられた。

目は二つしかないので心配はなさそうだけど。

でも、仮に三つあったって彼は私の友達でいてくれるらしい。

枕を抱きしめ、自室のベッドの上でゴロゴロと転がった。

嬉しいのに何だか無性に恥ずかしくなる。

好かれている、と思う。

想像していたよりずっと強く。

気恥ずかしさはやがて勇気に変わった。
私はこの数ヶ月伝えられずにいた言葉を打ち込み、えいっと勢いよく送信ボタンを押した。

『よかったら通話してみない？』

送った後で頭を抱えた。
ああ、急すぎた。文脈も何もないし。
けれど彼と話したい、声を聞きたいという思いは隠せないほど大きく膨らんでいた。

『悪いが通話はできない』

彼からの返信はその一文から始まった。

『仕事が忙しいんだ』

頭が真っ白になる。
こうまではっきりと拒絶されたのは初めてだった。
寂しさが痛いほど沁みるのと同時に、怒りにも似た感情が頭を埋めた。
仕事ってそんなに忙しいのかな。
たった五分通話することもできないくらいに？

落ち込んで、疑って、自分が嫌になって。
まるまる一週間、返事ができなかった。
やりとりを始めてからこれほど時間が空くのは初めてだ。
通話ができないというだけで私が否定されたわけではない。
そう考えようとしても、駄目だった。
『そっか、分かった』と書いて送った。
何ひとつ納得できていないのに。

前を向けない。
久々にピアノを弾いてみても。
お気に入りのお菓子を買ってみても。
励ましてほしくてフーカにメッセージを送った。
『通話は無理だって。ネットの友達ならそれが普通なのかな』
返事は一分もせずに来た。
『えっ、そう？　通話くらいするでしょ』
ああ、失敗した。ますます気落ちしてしまった。

『しばらく返事がなくて心配していた。
ナツナの話が楽しみだから、とても寂しかった』

私って本当にちょろいと思う。

ガタンと落ちていた気分は
『寂しかった』の一言だけで綿雲に届きそうなほど急上昇した。

エルに振り回されてばかりいる気がする。

返事を読むたびに一喜一憂して、まるで片思いみたいだ。

「彼氏が他の女とＤＭ続けてたんだよね。しかも半年も」

教室の隅から聞こえてくる愚痴に

なぜか私がドキッとしてしまった。

「浮気じゃないのがタチ悪くてさ。

ずーっとどうでもいいこと送り合ってるの」

「それは嫌だね」とクラスメイトに同情されていた。

エルとのやり取りを始めて、もう半年以上になる。

あちらに恋人がいるかどうかなんて、考えたこともなかった。

机の下でこっそりとメッセージ履歴を見返した。

仮に私が「他の女」だったとして。

問題になるような色っぽい言葉は当然どこにもない。

ホッとしかかった自分の頬を思いきり抓《つね》った。

違う違う。

こういう何気ないやり取りこそタチが悪いのだった。

家に帰り、私は抱き枕を抱えて悶々とした。
エルに恋人がいるとしたら、
それはなんだか、なんだかすごく……嫌な気がする。
『友人になりたい』なんて書く人だから
恋人もいないと思い込んでいた。
疑いもしなかった。
だけど私のような「友人」も、今は大勢いるかも。
想像は毒針のように何度も胸を刺した。

知らなかった。
友達にも独占欲って湧くんだ。

朝、重い瞼を気力で開いて満員電車に乗った。

ミナトは昔から人気者だったから嫉妬なんてする暇もなかった。

フーカはそもそも一人が好きなタイプだから、
奪われる可能性なんて考えたこともなかった。

なんて苦しいのだろう。
誰かの特別になれないってだけで。

朝、二回も電車を乗り過ごした。
吊り革につかまって窓の外を眺めていると、
ついぼーっとエルのことを考えてしまう。

どんな些細な内容でも丁寧な返信をくれるところ。
風変わりで、たまに斜め上の返事をしてくるところ。

全部全部、愛しく思えて仕方ない。

そっと胸に手を当てた。
私、エルのことが好きだ。

その夜、宿題を済ませてからフーカと通話をした。

「それで、アンタ告白すんの？」

「え、告白!?」

そんなことまで考えていなかった。だってまだ自覚したばかりなのだ。

「よく考えると会ったこともない人だし」

フーカのため息が聞こえた。

「でも好きなんでしょ。モタモタしてると他に盗られるかもよ？」

目を閉じても眠れず、立ち上がって部屋の窓を開けた。

空には大きな月が浮かんでいる。
あと数日で満月になるだろう。

火照《ほて》った身体を冷ますように風が吹きつけ、頭もすっきりした。

好きだからって、ただの一度も会ったことがない相手に
告白するなんて変だ。

でも……でも、変だからなんだというんだろう?

「伝えるだけ、伝えてみようか」

自分に言い聞かせるように呟いた。
白い月は何も答えてはくれない。

恋愛って重労働なんだな、なんて考えていた。
ひとりの力で考え、受け止めないといけないことが山ほどある。

好きかどうか考えるのも自分。
告白するか決めるのも自分。

学校での勉強とは何もかもが違った。

『あなたが好きです』

三日三晩悩み、結局書いたのは呆れるほどに単純な言葉だった。

『一度も会ったことがないのに変だよね。

でもエルの言葉が、心が、私はとても愛しいのです』

恥ずかしすぎて気絶しそうだ。それでも前に進みたい。

最後の一言を添えて送信ボタンを押した。

『恋人になってくれませんか』

今回くらいすぐに返事が来ないかなと期待した。
けれどいつまで経っても通知音は鳴らない。
引かれた？　無視されてる？　と悪い想像が止まらなくなる。
授業は上の空、宿題もろくに手につかない。
夜空に浮かぶ月の輪郭がじわりと滲む。
気づけば頬が濡れていた。
怖い。
もしも、友人ですらいられなくなったら。

月は二度沈んだ。
それから、いつものように返事が届いた。
『すまない。好きだと言われたのは嬉しいんだが』
心臓に氷水をかけられた気になった。
やっぱり困らせた。会ったこともないし当然か。でも……。
最後の一行に視線を移す。
すると、零れ落ちそうになっていた涙が引っ込んだ。
『恋人とはなんだ？』

CHAPTER
2

彗星の周期と聞いた百年と
僕の余命で引き算をする

コンビニで新発売の商品を見かけた。
レモンクリームクロワッサン。
あっさりしていて美味しそうだ。
通学鞄を開き、袋入りのクロワッサンをそのまま入れた。
それから棚から紙パックのミルクティーを取り出し、手に持ってコンビニを出る。
外でポケットの中のスマホが振動した。
自動決済が完了したらしい。

教室に着いてすぐにタブレットを取り出した。

一限目の数学は講義ではなく個別学習なので、周りを待つ必要はない。

もう始めてしまおう、と開始ボタンを押した。

まだ朝早いから周りの生徒はお喋りをしているけれど。

私には話し相手なんていないし。

それに、何かしていないと余計なことを考えてしまうし。

昼休み、箸の間から卵焼きがぽろりと落ちた。

『恋人とはなんだ？』

これはどういう意味だろう？
断られたのかな。

だって、恋人って言葉の定義が分からないなんてこと、ある？
いくら文化が違うって言っても、今は本も映画もあるし……。

分からない。

無理矢理口に入れた卵焼きは、いまいち味がしなかった。

ため息は止まらないけれど、でも、と囁く声も聞こえる。
私の知っているエルはそんな回りくどい断り方をする人じゃない。
結局、素直に質問に答えることにした。
辞書で調べた内容を噛み砕いて説明する。
『恋人っていうのは、友達以上の人。
ただ一人の特別な人で、お互いに好き合っている相手のことだよ』

『伴侶とは違うのか？　友達から恋人になると何が変わるんだ？』

エルからの返信を見て、一安心したような、

気が遠くなるような、不思議な心地がした。

本当に知らないんだ。

『伴侶とは違うよ。

友達とは手を繋ぐまでしかしないけど、

恋人とはキスしたり……それ以上とか？』

書きながら顔が熱くなってきた。

人はどうやって恋とは何かを学ぶのだろう。
こうやって改めて聞かれるまで、
その定義を辞書で調べたことなんてなかった。
街は当たり前のように恋の色に染まっている。
コンビニで流れる流行りの歌にも。人気ドラマの中にも。
恋をする人が溢れている。
今更思い知らされた。
彼と私は、何かが決定的に違う。

『なるほど。恋人とは、伴侶ではないが、伴侶に対するような行為はする関係か。随分……いかがわしい間柄のように感じるが』

自室の椅子から落ちそうになった。

「い、い、いかがわっ!?」

いや、強く否定もできないけど。

このところ返事を受け取っては驚いてばかり。説明すべきことは無限にありそうだ。

「恋人の定義ってなんだと思う？」

学校の図書館で宿題をしていたミナトの隣に座り、そう尋ねた。

「はあっ!?　え？　なんだよ急に……」

ミナトは珍しく視線を泳がせていた。

彼なら慣れていそうだと思ったけれど、案外そうでもないのかもしれない。

「まあその、世界で一番大事にする相手のことじゃねーの」

「そっか。うん……そうかも！　ありがと、ミナト」

ナツナは見たこともないような、晴れ晴れとした笑顔を向けてきた。

「マジでなんなの。え、好きなヤツでもできたとか？」

なんて、まさかな。

からかうつもりだったのにナツナは頬を薔薇色に染めて俯いた。

「は」

嘘だろ。俺はいつ誰に先を越されたんだよ。

『恋人とは何か、改めて考えてみたの』

学校へ向かう電車の中でスマホに文字を打ち込んだ。

『お互いのことを他の誰とも違う特別な存在だって認め合っていて、相手のことを考えると幸せな心地がする。それが恋人かなって私は思うよ』

送信ボタンを長く押した。

彼にとっての特別になれるよう願いを込めて。

今度こそ振られるかもしれない。

二日間、そんな未来を何度も想像した。
けれど今できるのは待つことだけだ。

イエスかノーで来るかと思っていた返事には、
またしても予想外の内容が書かれていた。

『君の考えが聞けて嬉しい。
少し考える時間をくれないか。
それから、僕からも一つ君に告白をさせてほしい』

『僕は君に嘘をついている』

その一文を読んだ瞬間、心臓が嫌な音を立てた。

嘘って何。

実はハンドルネームだったとか？
実はうんと年上だったり？
けれど、それくらいで私の気持ちが変わることはない。

一呼吸置き、覚悟を決めて続きを読んだ。

『君と僕は一生会えない。本当は、違う惑星に住んでいるから』

SIDE: EL

七ケ月前、廃墟の片隅で死んでいる友人を見つけた。
僕にとっては唯一の友人だった。

その傍らには武器を持った大人が倒れている。
相討ちになったらしい。

面倒見がよく、いつも近所の子供に囲まれていた。

耳元で誰かが囁く。
ここは戦場だ。

どんなに優しい人間でも、暗い場所で孤独な最期を迎えるのだと。

倒れている大人の方は、随分身なりがいい。
敵の軍でもそれなりの地位にいた人物なのだろう。

ふと、胸ポケットから通信端末がはみ出ているのが見えた。
パネルに受けた光を元に充電するタイプのようだ。

画面を押すと、パッと点灯した。
まだ動く。

いつぶりになるだろう、通信ができる端末を手にするのは。

これは高く売れるかもしれない。

黒い端末を懐に忍ばせた後、できる限り丁寧に友人を弔った。

「エルって本ばっか読んでるよね。たまにはさ、外で遊ぼうよ！」と腕を引かれた日が懐かしい。陽気なだけではなく気遣いもできる人だった。

何度経験しても失うことには慣れない。

気づけば涙が頬を伝っていた。

かつて親と二人で暮らしていた家には、今はほとんど物がない。
生活のため売れるものは何でも売ってきた。
テーブルの上ではイトネズミのカロンが白い尾を揺らしている。
いつもは付かず離れずの距離を保っているが、
今日は珍しく足元にすり寄ってきた。
僕はカロンを膝に乗せ、温かい背中を何度も撫でた。

僕は自分自身に絶望していた。
羨ましいと思ってしまったのだ。
変わり果てた姿になっていた友人を。
煉瓦の家で一晩中身を震わせた。
ここは砂漠の中の紛争地帯だ。
いつ誰が死んだっておかしくはない。
友人は僕に弔われたが、じゃあ僕は。もう家族も友人もいない。
明日僕が死んだって、誰も涙を流さない。

ガリガリと何かが削れる音が聞こえた。

気づけばカロンは僕の膝の上を離れ、机の上で何かに齧《かじ》り付いていた。

軍人が持っていた黒い通信端末だ。

僕は慌てて端末を取り上げた。

すると画面が点灯し、一件の通知が表示された。

『新着メッセージがあります』

僕はふと気がつくと指先でその通知欄を押していた。

『怪我は大丈夫？　今日は帰ってくるの？』

軍人には家族がいたようで、
身を案じる言葉が画面いっぱいに連なっていた。

罪悪感が胃を重くする。

僕はそのメッセージを読みながら、親のことを思い出していた。

優しくて、心配性で。
幼い頃はよく本の読み聞かせをしてくれた、
もう会えない大切な家族のことを。

「ねえ、この本を読んでよ！」

ある晩、親のもとに一冊の絵本を持っていった。
いつもは笑顔でいいわよと頷く親が、
その日は困った顔をしていた。

「この本は違う星の言葉で書かれているの。エルには難しいわ」
「いいから。今日はそれがいいんだ」

親の言う通り、どんな話か僕にはちっとも分からなかった。

「これ読んで！」

「え、またその本？」

表紙が気に入り、僕は何度もその本を親に読んでもらった。

するとそのうち少しずつ意味を理解できるようになった。

亀を助けた漁師が海の中の城へ招かれる不思議な話。

「海ってきれいだね。青くて光ってて」

「そうね。地球の海は本当にこんな色をしているのかしら」

僕達が住む惑星「プラント」から遠く離れたところに、
青い惑星があるらしい。

親はそこを「地球」と呼んでいた。

かつてプラントへ到達した地球人は、
そのまま集団でこの地に住み着いたそうだ。
だから地球人の文化や言葉は今も断片的に残っている。

この本もそんな「地球からもたらされた文化」の一つだ。

僕は手の中にある端末に目線を落とした。

幼い頃、あれだけ夢中になった地球のことを、
今の今まですっかり忘れていた。
毎日を生きることに必死すぎて。

その夜は久々に人恋しくなって——僕らしくもないことをした。

通信端末を水や食料に換えるより先に、メッセージを打った。

あの懐かしい地球の言葉で。

それから僕はナツナと出会った。

ナツナは地球人の価値観で言えば「普通の」
しかしながら僕にとっては「特別な」異星人だった。

いくつもメッセージを打ってみたが、返事をくれたのはナツナだけ。

僕は必要以上に警戒されないよう、
プラントに住んでいる事実は隠した。

そうして僕らのやりとりは始まった。

日々の食糧を得るため、僕は少年兵として戦いに身を投じている。

そんな「仕事」のこともナツナには話していない。

文字だけでも十分その優しい人柄のことが分かっていたから、
とても言えないと思った。

怖がられたくない。

今繋がろうとしている絆を失ったら、
もう僕の人生には何も残らない気がしていた。

八十年前、原因不明の悲惨な事故が起こった。

惑星「プラント」へ向かっていた

有人ロケットが大破、通信も途絶えた。

その五年後、探査機によって乗員八名の死亡が確認された。

教科書にも載っているほど有名な宇宙事故だ。

けれど私にとっては無関係なものだと思っていた。

彼からの返事を受け取るまでは。

いつかはエルに会うのだと思っていた。

今はお金も時間もないけれど、大学生になったら
たくさんバイトをして、飛行機を乗り継いで、彼の暮らす国へ。

想像するだけで胸が高鳴った。
しかし全て幻に過ぎなかったのだ。

ふらりと自分の部屋を出て玄関の扉に手をかけた。

分からない、何も。
自分の気持ちさえ。

「ナツナ？　こんな時間にどこに行くの」

母に声をかけられた私は振り向くこともなく
「ちょっとコンビニに」と答えた。

「もう暗いから早めに帰ってきなさいね。ほら、傘」

手渡されたのは白い傘。

それを受け取った時、急に雨の音が耳に入ってきた。

外は小雨が降っているようだ。

俯いたまま傘を受け取った。

濃い夜の色に染まった道を歩く。
古い街灯がジジジッと音を立てて点滅していた。
「何してんだろう、私……」
小さな呟きは勢いを増す雨の音にかき消された。
街に人影は見えない。
傘の中、世界から一人だけ切り離されたような気がした。
近くの公園に足を運んだのは、
そんな寂しさ故だったのかもしれない。

幼い頃によく遊んだ公園は、今見ると随分こじんまりして見えた。

「あっ」

ぼんやりしていたせいだろう。
気づけば段差に躓《つまづ》いて無様に転んでいた。
服にはべしゃりと泥がつき、擦った手のひらには血が滲んでいる。
けれどもほとんど痛みは感じなかった。
傷ついていない胸の奥の方が、今は苦しくて仕方ない。

屋根の下にあるベンチに腰掛け、何度もメッセージを確認した。

夢かもしれない。
あるいは見間違いかも。
そんな淡い期待を込めて。

けれど告げられた事実は一言一句違わずそこにあった。

『君と僕は一生会えない』

ぽつ、ぽつ。急に文字がぼやける。
画面に落ちた水滴を見て自分が泣いていることに気づいた。

あまりに混乱しているからか、
目が溶けそうなほど熱い涙が溢れ出してくるのに
頭の中は不思議と凪《な》いでいた。

私は今、何を悲しんでいるのだろう。

好きになった人と一生会えないこと？
告白の返事を保留にされたこと？

どれも正解でどれも間違っている気がした。

それとも――彼に嘘をつかれたことだろうか。

暗闇の中、スマホで彼のいる星のことを調べた。

惑星プラント。
地球の他に唯一、生物が存在することが確認されている遠い星。
プラントとの間には人工衛星が多数設置され、
近年は星間通信が可能になった。

けれどできるのは通信だけ。

地球人が最後にプラントに到達したのは、
今から二百五十年前のことだ。

いつかは会えるからという理由で恋をしたわけじゃない。
それでもこれはあまりに虚しい。
私は幻を追うように片思いを続けるのだろうか。
名前を呼ぶことも、抱きしめることもできない相手にずっと。

「う、うっ……」

豪雨の中で啜《すす》り泣いた。

もう遅いのだ。
元には戻れそうにないほど好きになってしまった。

頭の中に文字が浮かんでは消えていく。

『友人になりたい』
『楽しい話も、つまらない話も、もっとたくさん聞かせてほしい』
『もし君に目が三つあったって構いはしないが』

どれだけ辛くても彼から受け取った
嬉しい言葉ばかり思い出してしまう。

その時、遠くから声が聞こえた。

「は、お前……何してんの」

雨のベールの向こうにミナトの姿が見えた。

部活帰りだろうか、大きなエナメルバッグを肩にかけている。

彼は慌てた様子でこちらに駆け出してきた。

「誰にこんなことされたんだよ！」

「別に……誰かになんて……」

見たこともないエルの後ろ姿が頭に浮かんで、

転んだだけだよとはすぐに答えられなかった。

「自分で転んで泣いてましたって？　幼稚園児かよ……」

ミナトは苛々した様子でため息をついた。

けれどその手には雨と泥を吸い込んだ上着をしっかり抱えている。

どうやら家まで送ってくれるらしい。

代わりに、私の肩には青いウインドブレーカーがかけられていた。

さっきまでミナトが羽織っていたものだ。

そういえば、小学生の頃にも同じようなことがあった。

ある日の夕方、私はどうしても塾に行くのが嫌になって、
公園のベンチで時間を潰していた。

けれど逃げ出した自分が情けなくて、わんわん泣いて。

その時もミナトに声をかけられた。

バスケの練習に付き合わされた後、
手を引かれて家に帰ったのだった。

「ミナトはさ、好きな人ができたことある？」

雨は降り続く。

ミナトはやや時間を置いて答えた。

「……まあ、あるけど。なんだよ」

「その人から会えないって言われて。会う手段もなくて……それでも相手を好きでいられる？」

絞り出した声は震えていた。

「知らね。嫌いになるまで好きでいるんじゃないの」

風邪引くなよ、と言ってミナトは私を玄関の向こうに送り出した。
母から心配されて、ぼんやりしたままお風呂に入って、
気づいたら朝を迎えていた。

心はまだグラついている。
それでも今はエルとのやりとりを続けようと思えた。

本当の彼のことが知りたい。
好きだから。
嫌いになんて、なれそうもないから。

返事を送ったのは四日後のこと。

『正直すごく戸惑っているし、傷ついてもいるけど』

打ち込んでは消してを繰り返しながら文章を書いた。

『まずは本当のことを教えてくれてありがとう。
どうしてずっと秘密にしていたのか教えてもらってもいい？』

狭苦しい教室の中から
遥か遠い星にメッセージを飛ばした。

『本当にすまない。嫌われても当然だ』

受け取ったメッセージの中には様々な事実が綴られていた。

プラントの多くの地域では紛争が起こっていること。

エルも銃弾の飛び交う危険地帯に住んでいること。

本当のことを書けば怖がられてしまうと思ったこと。

それを読んで初めて、彼の心の奥を覗いた気がした。

メッセージの最後には一つの願いが書かれていた。

『僕にとってナツナはかけがえのない友人で、

これまでのやりとり一つ一つを大切に思っていること。

それだけはどうか信じてほしい』

自室の机に顔を伏せながら「そんなこと……」と呟いた。

そんなこと、分かってるよ。

エルの言葉はいつだって優しかった。

近況について話すと、さすがのフーカも目を丸くした。

「向こうの人とやりとりしてるのなんて、研究者くらいだと思ってたわ」

そう思うのも無理はない。

私達のような一般人は、プラントでどんな言葉が使われているのかすら知らないのだ。

「何語使ってるのかしら。プラント語？」

「それはないと思うけど」

フーカは私よりも雑学に強い。

彼女が使うタブレットには無数の本や資料が保存されていて、もはやデジタルライブラリーのようだ。

そんな彼女でもプラントの文化については深く知らないらしい。

「まあ、難しいことは置いておいてさ」

フーカはふっと息を吐いた。

「アンタ、どうすんの？　告白は取り下げ？」

私は首を横に振った。

「取り下げたりはしないよ。好きなのは変わらないし……」

なるほどねぇ、とフーカは頷く。

それから愛用のタブレットで何かを読み始めた。

「へー、マジ？　アンタこれ知ってた？」

彼女は画面の一部を指差して言った。

「プラントには生物学的に決定される性が十種類存在する、だって」

「十種類!?」

「そう。具体的には、デニー、アーユ、スー」

「ちょ、ちょっとストップ」

タブレットに表示された論文を読み上げ始めたフーカを制止した。

考えがまとまらない。眩暈《めまい》がする。

性別の定義だけの問題じゃない。

これは氷山の一角だ。

エルと私の間には、こういう違いが一体いくつあるのだろう。

頭を抱える私とは対照的に、フーカの目は爛々《らんらん》と輝いていた。

「心だけで繋がる遠距離恋愛。

遥か彼方の星で暮らす想い人！

文化の違い、そして種族差……次回作はこれで決まりね」

怒涛の勢いでメモを取る姿を見て、

怒りを通り越して呆れを覚えた。

「まさかそれもバッドエンドじゃ……」

「当然。私だもの」

「悪かったってば。現実とフィクションは違うでしょ？」

フーカは気落ちした私の肩をポンと叩いた。

冷静に考えると、恋愛相談の相手としてはミナトの方がよほどまともかもしれない。

「宇宙飛行士になれば？」

「また無責任な……」

フーカはいつの間にか真顔に戻っていた。

「でもそうするしかないでしょ」

休日、渋谷で買い物をした。
センター街のスピーカーは流行りのラブソングを
何度も耳にねじ込んでくる。

『もう一度会いたい』
『行かないで』
『最後のキスを……』

切ないメロディを聞いても心が揺れなくて、ついには笑いが漏れた。

困ったな。
賑やかな街の中でひとり、ラブソングが響かない恋をしている。

ニュース記事。
研究論文。
ネット上にある出どころ不明の噂話。

私は朝から晩まで机に向かい、
プラントに関するあらゆる情報を集めた。

曰く、地球からプラントへの通信には二十四時間かかるらしい。
逆も同様。

だからメッセージを送ってから返事が来るまで
最低でも二日はかかるのだと今更ながらに悟った。

『どうして二日経たないと返事をくれないいんだろうって、ちょっと不満に思ってた。ごめんね』

ベッドの上で文字を打ちながらこれまでの日々を振り返る。

いつもきっかり二日後に返事が来ていた。

つまり、エルは忙しい時だってすぐ返信をくれていたのだ。

『それから、そっちは性別が十種類あるって本当？』

『時間差のことは誤解しても仕方ない。
それから、性別についてはその通りだ。地球は違うのか？』

返信を受け取ってから、心は不安と好奇心との間で揺れ動いた。
エルの一人称から勝手に男の子だと思っていたけれど、
そもそも前提が違うらしい。

性別が十種類もある世界とは、
果たしてどんなものだろうか。

エルは地球人の生物学的な性別が
二つしかないことに驚いていた。

『なるほど。地球の絵本に出てくる
お爺さんとお婆さんとはなんだと思っていたが、
年齢と性別を表す言葉だったのか』

彼は絵本を通してこちらの言葉を学んだそうだ。

僕という一人称は、
好きな本の主人公が使っていたから真似をしたらしい。

プラントに関する本にはこう書かれていた。

『プラントにおける性別は地球でいうところの

血液型や爪の形のようなものである。

普段の生活ではさほど気にすることがない』

理解はできても想像することは難しい。

性別を気にしない人々。

恋人の定義すら知らない人々。

平凡な自分とは何もかもが違う気がした。

『僕の性別はベヤというものだ。
地球人的な性別の定義に当てはめた場合、
どちらかというと男に近い……かもしれない』
当然ではあるけれど、エルの性別を知ってもいまいちピンと来なかった。
「本当に地球とは違うんだなぁ」
呟いた言葉が夕空に溶ける。
恋心は厄介だ。
それでもいい、なんて思えてしまう。

街が桜色に染まり始めた。

初めてメッセージを受け取った日から一年が経とうとしている。

『今日は私の好きな桜の写真を撮ったから送るね。
私の住む国では、春になると
ほんの短い間だけこの花が咲くの』

満開の写真は予想通りエルを喜ばせた。

『ありがとう。本当に綺麗だ。
君と一緒に見られたらいいのに』

『僕も何かお礼ができたらいいんだが』

エルがメッセージの最後に書いた言葉を読んで、すぐ「お礼」を思いついた。

もしかすると断られるかもしれないけれど。

もっと知りたいから、今より近づきたいから、気を使ってばかりの自分を変える。

『エルが撮った写真が見たいな。もし大丈夫なら、エルの写真も』

SIDE: EL

僕の所属する小隊に新しいメンバーが入った。
どこかの部隊長の息子だという噂だ。

年下だろうか。小柄で背は僕よりも低かった。

随分ツンケンした態度をとっていて、
初日から周りに距離を置かれている。
だが、僕はその新顔が懐に忍ばせていたものが気になり、
休憩中に声をかけた。

「それ、医学の本か？」

新顔は驚いた顔をしていた。


「お前……字が読めるのか」

「まあ。親が読書家だったんだ」

「下っ端のわりに珍しいな」


新顔はウズと名乗った。

プライドが高く口が悪い。

これは馴染むまでに時間がかかりそうだ。


「用はそれだけか? オレはお前らと馴れ合うつもりはない。ただ敵を殲滅できれば、それでいい」

周りのメンバーは遠巻きに僕らを見守っているようで、
話し声がかすかに聞こえた。

「ケッ、生意気な坊ちゃんだな」

「でも部隊長の息子なんだろ？」

囁き合う仲間達の目は険しい。

僕も言われた通り去ろうとして、ふと頼み事を思いついた。

「ウズ。急ですまないが、僕の写真を撮ってくれないか」

「はあ？」

「エルってなんつーか、天然だよな」

仲間の一人は光線銃を背負いながら言った。

「え？　そんなことはないと思うが……」

「いやいや。普通はあんな切れるナイフみたいなヤツにカメラマン頼まないだろ」

そうだろうかと首を捻る。

写真のことを思い出した時に目の前にいたから、ちょうどいいと思ったんだが。

果てなき砂漠を背景に灰白色の髪が揺れる。

こちらを見つめる人は少年とも少女ともつかない中性的な顔立ちで、どきりとするほど美しい。

「そっか……髪の色も地球とは違うよね」

人間というよりは幽霊や神様のようだ。

写真の中のエルは想像以上に夢幻的で、なのにずっと前から知っているような気もした。

高校二年生になった。

タブレットの画面に映るのは進路希望の入力フォーム。

私は第三希望の欄すら埋められず、放課後まで頭を抱えていた。

こんなことは生まれて初めてだ。

医者の父と薬剤師の母、
二人から医学の道に進むように言われて育った。

けれど今、私の目の前にはもう一つの道筋が見え始めていた。

これまで親に対して強く反発したことはない。
だから母から「お話があります」と
改まって呼び出された時は肝が冷えた。

「これはどういうこと？」

母は悲痛な面持ちで言った。

その手の中にあるのは三者面談用の資料。
進路希望の欄に記載されているのは都内の大学の名前。
学科は――航空システム工学科だ。

「ナツナ、急にどうしたの。去年は塾でも医学部に進むって……」

母が戸惑うのも無理はない。

だって私もそうするつもりだったのだ、少し前までは。

「航空宇宙工学を学びたいの」

「どうして？　病院ならお父さんが紹介できるし」

「お母さん」

何もかも初めてだ。

こんな質問をさせるのも。母の話を遮るのも。

「勉強してみたいことを見つけたの。私には向いてないかもしれないけど、できないかもしれないけど……」

どんどん声が小さくなる。私だってまだ自信がない。

「ロケット開発でもするつもり？それともまさか、宇宙飛行士になりたいなんて……」

黙って見つめ返す私の様子に、母は何かを悟ったようだった。

「反対よ。お父さんだって同じだと思う」

母はそう言い残して席を立った。
だろうなあ、と胸の内で呟く。

医者として忙しくしている父は母の意見に反対しない。
面倒ごとを嫌う人で、
どうやら母と対立することが一番面倒臭いらしい。

賢くて働き者な両親のことは尊敬している。

尊敬以外の感情もあるけれど。

「――でロケットが打ち上げ後に墜落、宇宙飛行士二名が死亡、五名が怪我を……」

朝、最悪のタイミングでスマートスピーカーからニュースが流れてきた。

テーブルの向かいでホットサンドを食べていた母は、ほらご覧なさいとでも言いたげな顔でこちらを見た。

結局、私達は一度も会話せずに食事を終えた。

『プラントの空は黄味がかった灰色だ。
だが、夕暮れ時には濃い青に染まる』
『夜になると暗い空に二つの衛星が見える。
ミアとルガッタと呼ばれていて、
この二つは時期により重なって見えることもある』
エルからプラントのことを教わるたび、
頭の中で遠い星の風景を想像した。
青い夕焼けと、二つの月を。

両親の反対を押し切り、
私は都内の大学の工学部を受験することに決めた。
『私、宇宙飛行士を目指そうと思うの』
誰よりも先にエルにメッセージを送った。
胸の奥で散っていた火花は、今大きな炎に変わろうとしている。
遥か彼方にある星のことをもっと知りたい。
エルが見ている空と大地を、私も見たい。

夢ができると、今まで義務的に続けていた勉強が
初めて楽しいと思えた。

比較判定法も。
熱化学方程式も。
膨大な英単語も。
全て欲しい未来に繋がっている。

『応援する。君なら夢を叶えられる』
好きな人からもらったその言葉だけで何十年でも走り抜けると思った。
この先どれだけの人に反対されたとしても。

高校の廊下でミナトが女子生徒に囲まれていた。
相変わらず人気者だ。

「ねえ、ミナトはどこ受験するの？」
「うーん。どうすっかな。まだ考えてる」

一瞬だけ目が合った。

周りには笑顔で受け答えしているけれど、
どことなく疲れているようにも見える。

陽気だが、彼はわりと敏感に空気を読むタイプなのだ。

「ミナトって恋愛で苦労したことなさそう」

「はあ？」

学校からの帰り道、たまたまミナトと会った。今日は部活がなかったらしい。

「身近にたくさん人がいるでしょ。人気者だし」

いかにも遠距離恋愛とは無縁そうだ。

「選び放題ってか？　な訳ないでしょ」

彼は赤信号の前で立ち止まり、深いため息をついた。

ある冬の日のことを思い出した。

俺とナツナは中学一年生。

冷たい指先でクラスメイトの首をつついて

「冷たっ、やめろって！」と怒られるのが楽しくて。

ナツナのことも同じようにからかう、はずだった。

ナツナは首筋に触れた俺の指を手のひらで包んで言った。

「身体冷えてるよ。ちゃんと温かくしなきゃ」

指先からナツナの体温が伝ってくる。
俺はなんだか泣きたい気持ちになった。

学校にはたくさん友達がいる。
だけど、氷のように冷え切った指先をこんな穏やかな顔で温めてくれるのは、たった一人しかない。

「お前なあ……」

パッと手を離し、ナツナの頭をぐしゃぐしゃに撫でた。

ほんと、そういうとこだよ。

ナツナとはつかず離れずの距離を保ってきた。

あいつが学校でいじめられているのは知っているけれど、表立って庇ったことはほとんどない。

特に中学生以降は。


俺が助けに入った方がナツナへの当たりが強くなると分かったからだ。


嫌になる。

僻《ひが》み、妬《ねた》み。

そんなくだらない理由で人を傷つけるやつばかりで。

頬に色濃く残る痣のせいで人から遠ざけられて。
それでいて成績優秀だから不真面目な連中の劣等感を煽って。
同じ中学校にいたフーカとかいう変わったヤツ以外は
誰もナツナに近づかなかった。
だから俺は心のどこかで油断していた。
盗られたりしないと。
ナツナの素直さと優しさに誰も気づかないのだから。

だから俺は初めて焦りを覚えた。

周りの感情もナツナの状況も、完璧に理解しているつもりだった。

「好きなヤツでもできたとか？」

冗談のつもりで聞いたのに、ナツナの表情はイエスと答えていた。

軋む音が聞こえそうなほど胸が痛む。

うまく立ち回ったりせずに、

俺だってもっと不器用になれたらよかった。

もうすぐお互いの家に着く。

「お前って好きなヤツがいるんでしょ」

なるべく冷静な口調を装って言った。

「よ、よく分かったね……」

ナツナはついにコクリと頷いた。

だが、その複雑そうな表情には引っ掛かりを覚える。

「ふーん。うまくいってんの？」

自分から聞いたくせに、頷かないでくれと願っていた。

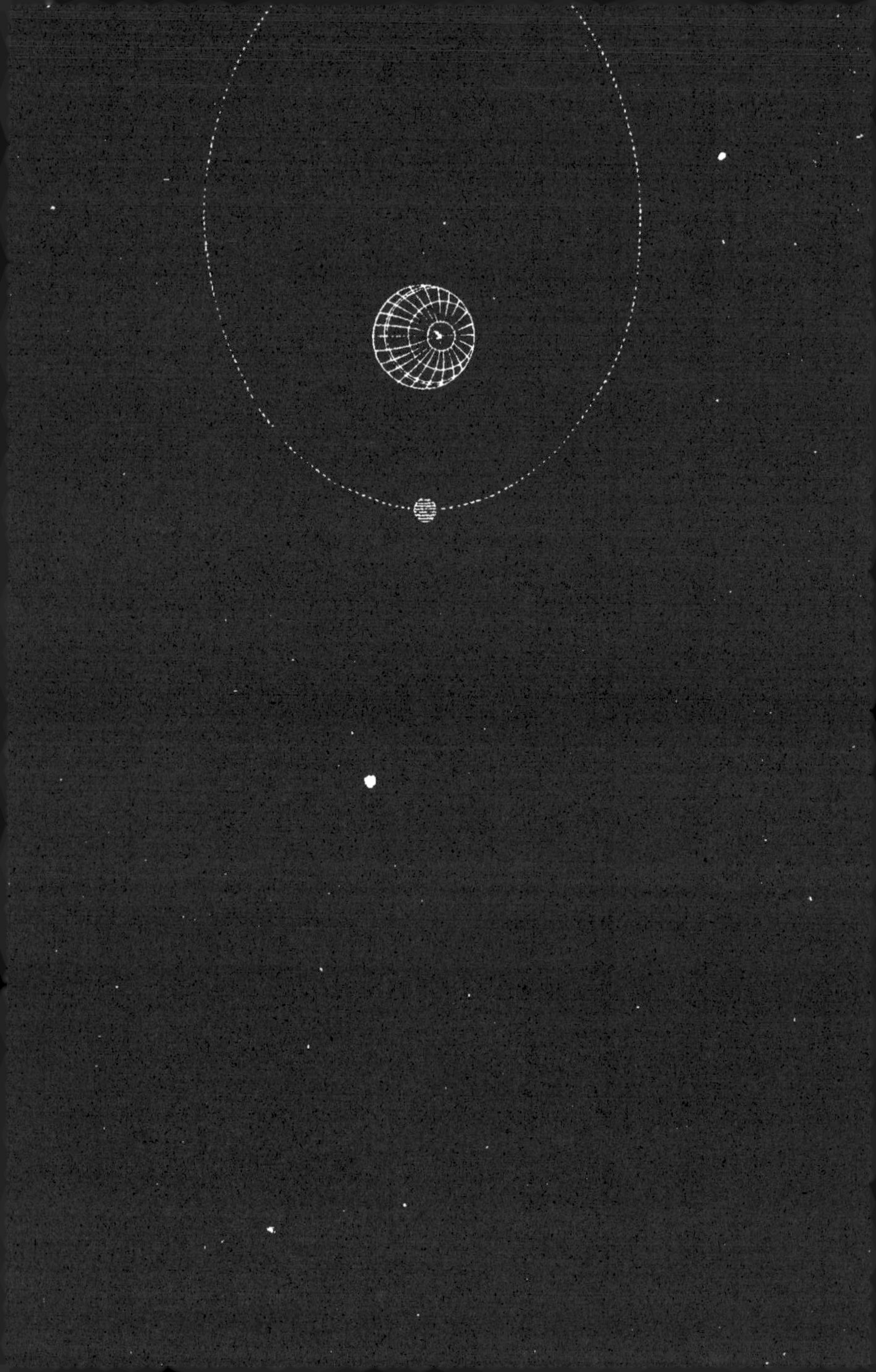

ミナトから恋の話題を振ってくるなんて珍しい。
そうは思いつつ、フーカとは違って
普通の恋愛トークができるから嬉しかった。
「告白したんだけど、保留になってるっていうか。
色々特殊な事情がある人で」
エルのことをどこまで話そうか迷っていると、
ミナトにひょいと袖を引かれた。
「もうちょい話す？」

「えっ……。あ、うん！」

手首にほんの少し触れたミナトの指先は、彼のスンとした表情とは裏腹に驚くほど熱い。

すぐに指は離れたけれど、だからこそ一瞬の熱が強く記憶に刻まれた。

「ど、どこで話す？」

なぜだか急に緊張してきた。学校帰りの寄り道なんて久々だ。

「カフェかファミレス？　まあどこでも」

SIDE: EL

幸せなど知らなければと何度も願った。
紛争がない頃の町を僕は知っている。
家族がいる台所の温もりも。

失ったからこそ虚しい。
生きる意味を見失うほど。

そんな僕が、ナツナと出会って思い出した。

奪い、傷つけるだけが僕の人生じゃない。
色鮮やかな景色に惹かれ、誰かを大切に思う心が、ちゃんとある。

近所のファミレスで向かい合わせに座った。

「最初にメッセージを受け取って」

私はこれまでの経緯について一通り語った。

ミナトはドリンクバーで取ってきたコーラを片手に話を聞き
「それ、大丈夫なのかよ……」と何度も眉を顰《ひそ》めた。

「会ったことない宇宙人って」

「プラント人だよ」

「変わらないでしょ」

SIDE: EL

地球の風景が好きだ。

朝焼けは赤と紫のグラデーション。
空と海はどこまでも透き通る青。
高いビルは鏡のように光る。

僕が暮らす砂漠の町はどこもかしこも赤銅色で、
ナツナに喜んでもらえそうな写真は撮れない。

けれどある時、彼女はこう書いた。

『綺麗な風景じゃなくて、エルの見ている風景が見たいの』

「大体そいつ実在してんの？　誰かの悪戯とか考えなかったわけ」

ミナトは語気を強めた。

彼が首を捻るたび、チョコレートブラウンの髪が揺れる。

「悪戯するような性格の人じゃないよ」

「そいつの何を知ってんの」

全てを否定され、私はカチンときた。

「ミナトだって、好きな子のこと完璧に理解してるの？」

SIDE: EL

部隊の最前線で銃を構えながら、
ふとナツナから聞いた恋人の定義を思い出した。
『お互いのことをかけがえのない特別な存在だって認め合っていて』
ナツナは僕を特別と言ってくれた。
『相手のことを考えると幸せな心地がする。
それが恋人かなって私は思うよ』
今の僕もそうだ。
君を思うと心が満ちていく。

彼の視線がゆらりと揺れる。

「好きな相手のことくらい知ってる」

「例えば？」

ミナトは諦めたような顔で答えた。

「勉強ばっかしてて、言われたことをすぐに信じる世間知らず。

それからピアノを弾くのが上手い。

砂糖入りのミルクティーが好き」

私は甘いミルクティーが入ったカップを落としそうになった。

SIDE: EL

今日、無事に帰還できたらナツナに伝えてみよう。
『もう僕らは恋人同士だ』と。
あの子は喜ぶだろうか。
返事を読んだらどんな顔をするのだろう。
その時、辺りに銃声が響いた。
攻撃だ。
狙撃手を確認しようとして、急に意識が遠くなった。
目を閉じる直前、自分の胸元が赤黒く染まっていることに気づいた。

CHAPTER 3

仄暗い森で進路を間違えた
君に会うため次も間違う

職場の廊下で急に肩を叩かれた。

荷物を抱えたまま振り向くと、後輩が満面の笑みを浮かべていた。

「先輩、聞きましたよ。第二次選抜通ったって」

「あら、よく知ってるね。結果出たばっかりなのに」

後輩の目は黒真珠のようにぴかぴかと光って見えた。

「宇宙飛行士になるまであと一歩ですね。ナツナ先輩」

『今日こそちゃんと話し合いましょうね』

職場からの帰り道、画面に表示された通知を見て気が重くなった。
家へ向かうものとは違う電車に乗り、
ネオンが照らし出す夜の街を歩く。

「大丈夫だよ、私は私」

レストランの入り口で呼吸を整えた。
逃げ続けるわけにもいかない。

両親を説得して、私は宇宙に出る。

十年前、エルからの連絡が突然途絶えた。
それはミナトから想いを打ち明けられたのとちょうど同じ時期だった。

一週間が過ぎても、
一ヶ月が過ぎても、
半年が過ぎても、
エルからの返信は来ないままだった。

喧嘩した訳でもないのに。

その時私はようやく理解した。
紛争地帯で暮らすとはこういうことなのだ。

私には何も分からない。

大好きな人がどう過ごしているのか。
怪我をしてはいないか。
生きているのかどうかさえ。

最初は忙しいだけだと思い込もうとしたけれど、
連絡のないまま一年が経った時、私は心を保てなくなった。

あの人はもう死んでしまったのかもしれない。
はじめましても、さよならも言えずに。

私の心がどれだけ不安定でも、時間は正しく無情に過ぎていく。

授業、進路面談、受験勉強。

君なら受かると微笑む先生の顔。

戸惑う母の声。

あらゆるものが空っぽな私の前に浮かんでは消えて。

やがて私は高校を卒業した。

未来は見えないまま、それでも捨てきれない恋心が

私を宇宙工学の道へと導いた。

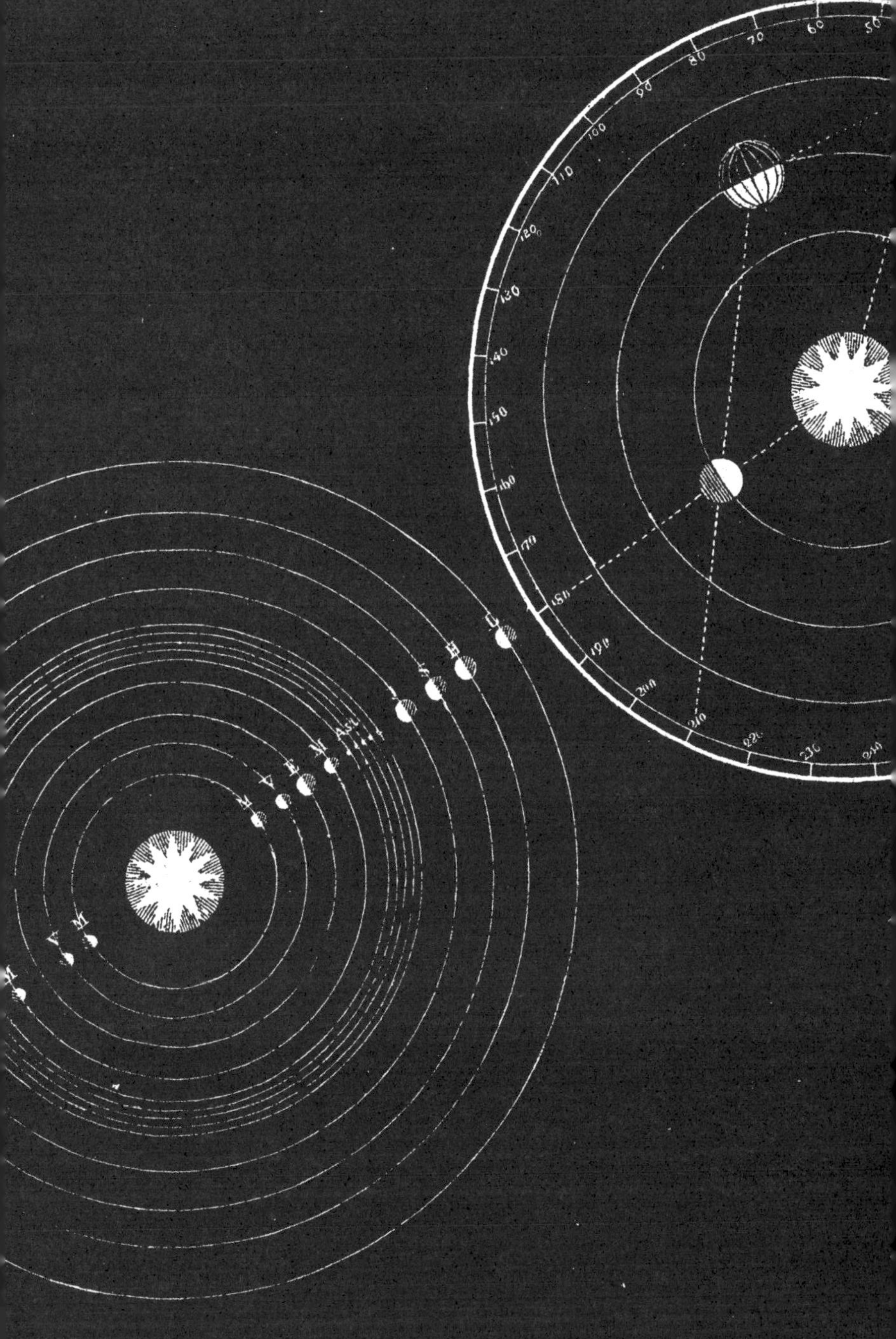

50
60
70
80
90
100
110
120
130
140
150
160
170
180
190
200
210
220
230
240
M
V
E
M
Ast

大学生になって本格的にメイクをし始めた。
時間はかかるけれど、案外楽しい。
そんなある日、コスメのセレクトショップで
傷跡を隠せるコンシーラーを見つけた。
痣の上に重ねると、確かに綺麗に消える。
けれど翌朝、私は他のコスメを使い痣を薄く見せるだけで済ませた。
全て消えてしまうと落ち着かなくて。

航空システム工学科には変わった生徒が多い。

だからこそ私にとっては過ごしやすかった。

「その痣って生まれつき?」

「そうだよ」

同じ学科の同級生はふーん、と興味なさげな返事をした。

「あ、今週の高速空気力学の課題だけど」

笑いを堪えて相槌を打つ。

雑談より専門分野の話をしている方が楽しそうだ。

私とは違う大学でフーカは心理学を、ミナトは法学を学んでいる。

二人とも充実しているようだ。

前から休日によく遊んでいたフーカはともかく、

ミナトとはほとんど会わなくなると思っていたけれど。

『暇ならメシ食いに行こうよ』

土曜日の夕方、ミナトから急に誘いが来た。

私は少し迷っていいよと答えた。

「よ、来たな秀才」

駅前に立つミナトはモノトーンでまとめたシックな服装に身を包んでいた。

子供の頃は派手な服をよく着ていたのに、いつの間にか変わったらしい。

「秀才って」

「そうでしょ。あんな難関大行っちゃってさ」

さすがについてけねーわ、と笑うミナトにどう返事をしていいか分からなかった。

三年前。
二人でファミレスに行ったあの日、私達の空気は大きく変わってしまった。
『ミナトの好きな子って、なんか、意外と……』
私に似てるね、と言いかけてやめた。
自惚れているにも程がある。
だって、あの誰にでも好かれるミナトが。
「どうせ似てるとか思ってんだろ。
言っとくけどお前のことだから」

ファミレスの明るいＢＧＭがやけに大きく聞こえた。

ミナトはフライドポテトを摘んでいた手を止め、頬杖をつく。

好き？　ミナトが私を？

嘘。

けれど彼はいつまで経っても真剣な表情を崩さない。

「え、えっと……いつから？」

「自覚したのは中学生の時。

俺にとっての一番はナツナだって、はっきり分かった」

大学生になったミナトは居酒屋でバイトを始めたらしい。

迷ってばかりの私とは違い、メニューを選ぶのも早い。

「ナツナの大学、やっぱ授業も難しいの？」

「うん。課題をこなすのも大変だよ」

なんとなく落ち着かず、居酒屋の内装をきょろきょろと見る。

「だろうな。そういえば、あいつから連絡あった？」

来る時間が早かったせいか、居酒屋の中は案外静かだった。

「連絡……まだ来てない」

罪の告白をするような気持ちで答えた。

「連絡が途絶えてもう三年くらいか。つれーのは分かるけどさ、そろそろ忘れる努力もしろよ」

だって、とミナトは付け加える。

「俺達もう大人になるんだぜ」

そう、彼の言う通りだ。

「俺にしとけよ」

三年前のミナトと今の彼が重なる。

高校生の頃、ファミレスでも同じことを言われた。

あの時は断った。やっぱりエルが好きだからと答えて。

けれど今は即答できない。

ポケットの上から鳴らないスマホを握り締めた。

「できないよ。そんなのミナトにも失礼だし」

「失礼とか気にしねーから」

ミナトは朝日のような人だ。

空気を読むのが上手くて、欲しいときに欲しい言葉をくれる。
闇を払う光みたいに。

たまに頑固になる私とは違って柔軟で。
いつも元気で、キラキラして見えて。

彼の周りに人が集まるのはよく分かる。

いいところはたくさん知っているし、好きだと思う。
幼馴染としては、とても。

帰り道、ガタゴトと揺れる電車の中で
ミナトを選んだ未来のことを想像した。

幼馴染でいつでも会えて。
泣いている時はそばにいてもらえて。
デートだって何百回も行けるだろう。

同じ文化の中で生きる私達は認識のずれがほとんどない。
少なくとも恋人とは何か知っている。
私が時間をかけて説明しなくても。

ずるいことをしていると、自分が一番よく分かっている。

「気をつけて帰れよ」
「うん」
「家に着いたら連絡して」
「はい」

改札の向こうに消えていく想い人の背中を見送った。
あの子の心は弱っている。支えてくれる相手に傾きそうなくらいに。
俺はそこに堂々とつけ込む。
もう他に盗られる訳にはいかない。

高校生の時、ナツナは好きなヤツのことを
「少し変わってるけど。優しくて、
本当の意味で私の味方になってくれるいい人」と語った。

俺は正直鼻で笑っていた。

ばか。

そいつ、いい人なんかじゃないよ。
お前の人生の責任もとれないくせに、心だけは自分に向けたままで。

俺は遠慮しないからな、宇宙人さん。

大学のカフェテリアで昼食をとっていると、近くの席から話し声が聞こえた。

「推しに熱愛報道とか、最悪」

女子学生の集まりのようだ。

「なに泣いてんの。てかあんた彼氏いるじゃん」
「アイドルとは結婚できないし、現実を生きてんの。でも推しの熱愛はつらいっ」

現実という言葉は私の胸に深く刺さった。

SIDE: EL

目を覚ますと薄暗い天井が見えた。
怒号も銃声も聞こえない、静かな場所だった。

僕は撃たれて死んだのか。
朧げな意識の中でそう思った。

大切な人に気持ちも伝えず、別れも告げないで。

「よかった、目を覚ましたんですね」

誰かの足音が聞こえる。
そばに寄ってきた人物は白いメディカルスーツを着ていた。

「ここがどこか分かりますか」

僕は指先を左右に振った。

そういえば、ナツナの住むところでは否定する時、首を左右に振るのだったか。

「臨時の医療施設ですよ」

衛生兵曰く、どうやら僕は一発の銃弾を受けたらしい。

敵は旧式の武器を使っていて、上手く探知できなかったそうだ。

つまり僕は助かったのだ。

衛生兵は
「あなたの仲間が優秀で命拾いしましたね。
我々が到着する前に怪我の処置が済んでいました。
前線の少年兵とは思えないくらい、完璧に」
と言い残して去っていった。
僕は簡易ベッドの上で身体を起こした。
肩と胸がズキズキと痛む。
「手当が得意な仲間……か」
僕はふと新入りの顔を思い浮かべた。

「君が助けてくれたんだろう。礼を言う」

夜、僕のいるテントを覗きにきた小柄な新入り、ウズに感謝を伝えた。

「命拾いした。君はいい医者になれるんじゃないか」

ウズはパッと顔を背け、別に、と吐き出すように言った。

「趣味で少し勉強したってだけだ。昔……兄弟が撃たれた時に何もできなかったから」

ウズは僕に黒い袋を手渡した。

「お前が助かったのはオレが処置したからってだけじゃない。これが緩衝材になったんだ」

袋の中には派手に壊れた通信端末が入っていた。画面は割れ、本体は三つに分かれてしまっている。

ウズは眉を顰めた。

「下っ端のくせに、これだけ高性能な端末どこで手に入れたんだ？」

大切な人と連絡を取れなくなった。
充電が不要な通信端末なんて次いつ手に入るだろうか。
枯れ果てた町の片隅で、遠いあの子の幸せを願うことしかできない。
元の生活に戻るだけだ、と自分に言い聞かせても駄目だった。

ずっと忘れられない。

二日に一度届く何気ないメッセージで、
僕はいつも救われていた。

SIDE: NATSUNA

夢を見た。
好きな人と普通に出会って、普通に恋をして、やがて結婚する夢。
両親も友人も、誰も私達のことを否定しない。
祝福と平穏に満ちた庭で微笑み合う二人。

優しい春の陽光が差している、昼下がりの景色だった。

柔らかな風が吹く。
どこまでも幸せだった。

夢の中でさえ夢だと気づいてしまうほどに。

夜が来るたび、不安が寝室の中へ滑り込んでくる。
私は今、現実を生きているだろうか。
この想いに意味はあるの？
いっそ出会わなければ。

ベッドの上で膝を抱えた。

ひまわりが太陽を向くように恋をしていた頃が懐かしい。
涙が頬を濡らしていく。

エル、あなたのことを考えると息が止まりそうなほど苦しい。

SIDE: EL

地平線から朝日が顔を出した。

眩しさに目を細めながら、遠い星に住む友人のことを考えた。

愛は、親から貰ったものしか知らない。
温かく優しい、相手を慈しむ愛。

けれど今、友人に向いた感情はそれとはどこか違う。
あの子への想いは世界を塗り替えてしまった。

ナツナ、君のことを考えると心に光が差す。

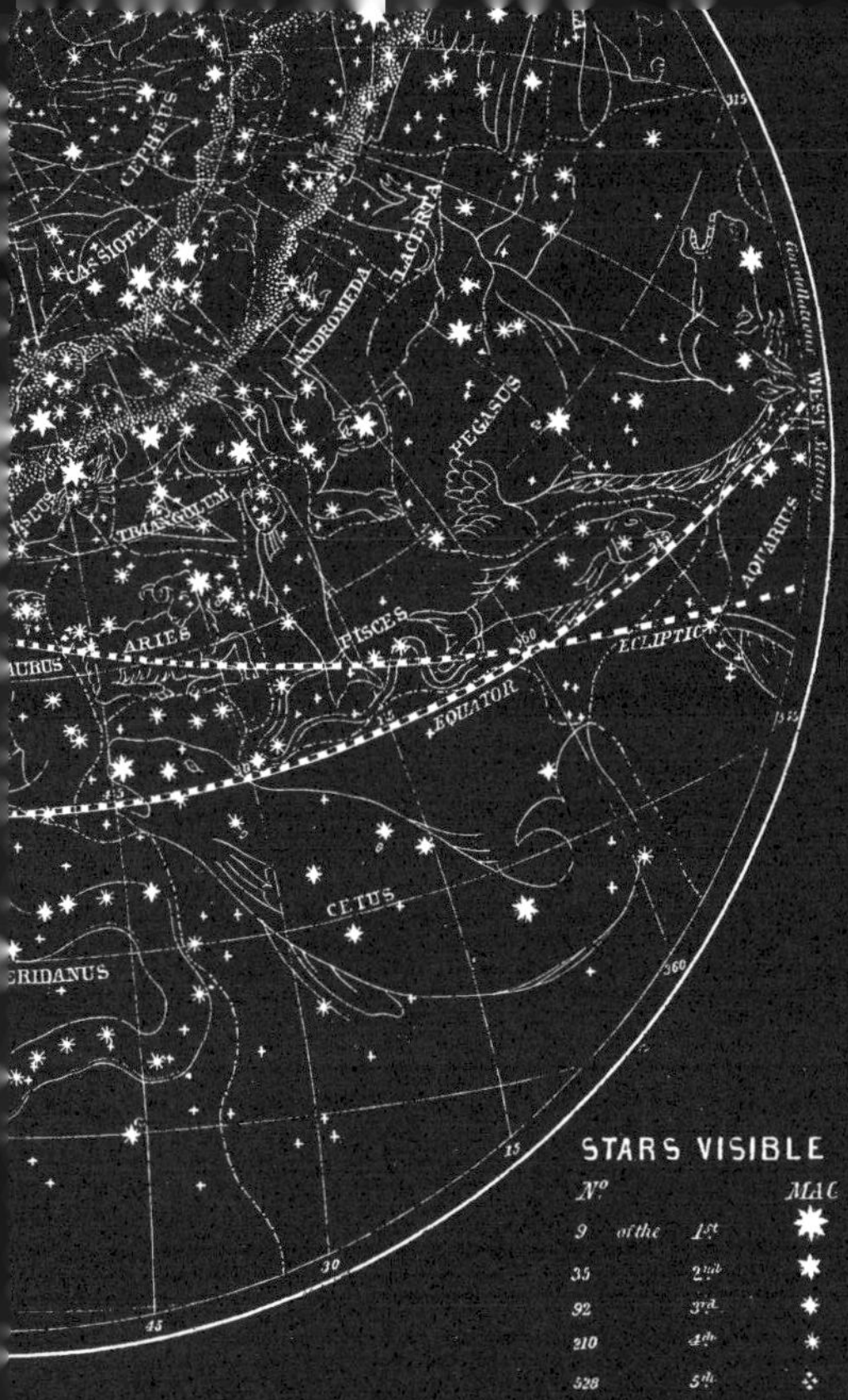
CEPHEUS
CASSIOPEA
ANDROMEDA
LACERTA
PEGASUS
TRIANGULUM
ARIES
PISCES
ECLIPTIC
EQUATOR
AQUARIUS
CETUS
WEST
STARS VISIBLE
No.
9 of the 1st
35 2nd
92 3rd
210 4th
528 5th

「好きな人のこと、ずっと好きでいたいのに。
時々、本当に嫌になることがあるの。
私って駄目な人間だよね」

大学近くのカフェの中。

下がっていく私の頭を、変わり者の友人は指先で突いた。

「駄目じゃないわ。親の仇を愛したっていいし、
最愛の婚約者を殺したいほど恨んだっていい。
心は自由なんだから」

フーカは先週新調したという赤い眼鏡をクイっと持ち上げた。

「六十点のハッピーエンドより百点のバッドエンド。いつも私が言ってるでしょ」

「でも私、ハッピーエンドの方が好きだよ」

私というか、大体の人はそうだと思うけど。

「そう？　たとえ不幸でも、自分の心を偽らない生き方が一番美しいと思うわ」

エルは本当に死んでしまったのだろうか。
それとも、急に伴侶を得ることになって、
連絡を断つと決めたとか。

埋まらない答えを想像してみても心は癒されない。

何年も悩み苦しんで、それでも胸の奥には一つの思いが残った。

『エルが見ている空と大地を、私も見たい』

たとえエルには一生会えないとしても。

恋心とは線香花火のようなものだと思っていた。
どれだけ美しく火花を散らしても、ある時ふっと消えてしまう。
「そのはずなんだけどな」
夜、眠ろうとして目を閉じた。
儚げな火花が何年経っても消えてくれない。
だからやっと決意したのだった。
たった一つだけのこの命を燃やして、私はプラントを目指す。

スマホの通知音で目を覚ました。

窓の外はまだ暗い。
深夜二時、こんな時間にメッセージを送ってくるなんて一体誰だろうか。
無視して寝ようかと思ったけれど、なんとなく気になって暗闇の中でスマホのロックを解除した。

「え」

思わず息を呑む。受け取ったのは一件の新着メッセージ。
差出人は不明だった。

『久しぶり、ナツナ。まだ僕のことを覚えているだろうか』

震える指で画面をスクロールする。

『エルだ。長いこと連絡できずにすまない。
戸惑わせたと思うが、もし許されるなら、
君ともう一度友人になりたい』

私にとってはその短い文章がどんな宝石よりも貴重で、愛おしくて、
涙が溢れて止まらなかった。

『君の友人になりたい』

その言葉で十五歳の春を思い出した。
あの時は『私もです』と書いて送ったんだっけ。
懐かしい桜の季節から、年齢も身長も、生きる環境も全て変わった。
二十歳の私は溢れる涙を拭い
『嫌です』と文字を打つ。
『恋人になりたいって書いた、
あの時から私の気持ちは変わってないから』

返事は二日後に届いた。

その中で連絡が途絶えた理由が書かれていた。

敵の銃弾を受けて倒れたこと。
通信端末が大破したこと。

それからずっとまた私とやりとりできる日を夢見て生きてきたこと。

『怪我をした日、君に返事をするつもりだった。
僕にとってもナツナは特別で、
だからもう僕らは恋人同士だと』

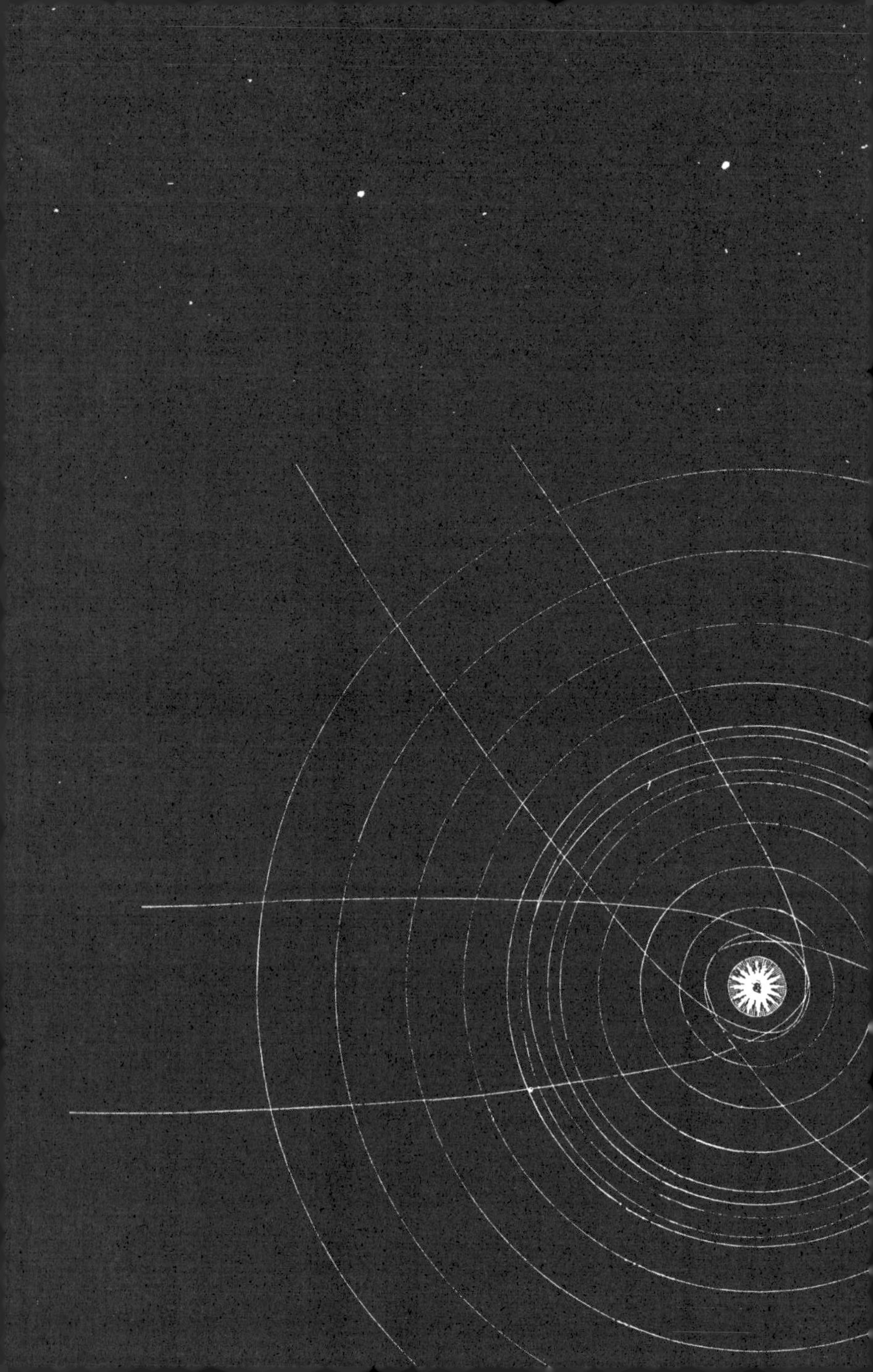

それから私達はやりとりを重ねた。
これまでの空白を埋めるように。

『プラントではどうやって愛情表現をするの？』
『そうだな。僕の住む地域だと、相手の手を取って自分の首に当てることがある。命を預けるほど信頼しているという意味だ。そっちは？』

私は返事に困った。

一番の愛情表現ってなんだろう。

『恋愛のことで考えすぎて、あんまり寝れなかったよ』

ある晩、八つ当たりのような言葉を送ってしまった。

向こうからは『そうか。身体には気をつけてくれ』と何とも的外れな返事が来た。

呆れて『誰のせいか分かってる？』と文字を打つ。

そのくせ、返事を見たら許してしまった。

『僕のせいでないと困る』

最上の愛情表現とは何か。

参考までにフーカに聞いてみようとして、通話ボタンを押す前にやめた。

妙な答えが返ってきそうな気がする。

「正解を探すっていうか、好きな人にされたら嬉しいことを答えるべきだよね……たぶん」

大学のカフェテリアで返事を書く。

『抱きしめて、愛してるって伝えることかな』

宇宙飛行士の第二次選抜に通った時
「おめでとう」と「大丈夫なの？」を何度も聞いた。
あのフーカでさえ「まあ、不安よ。正直ね」と漏らしていた。
エルだけが喜びとも心配とも違う言葉をくれた。
『僕が君の星に生まれていたら、同じ道を目指したと思う』
すぐ隣に、同じ方向を向くエルが見える気がした。

エルとの出会いから十年。

レストランの一席で母は泣き崩れた。

「ねえ、宇宙飛行士の選抜試験、今からでも辞退できない？」

母の隣で暗い顔をしていた父も頷いた。

「プラントへ行こうとして死んだ宇宙飛行士は何人もいる。分かってるかい」

私は二人の目を見て答えた。

「覚悟ならずっと前からできてるよ」

最高に嬉しい時、普通の人はどうするんだろう。

仲間と喜びを分かち合う？
嬉し涙を流す？
私は年甲斐もなく街中でスキップをした。

それから不安になってメッセージを確認して、
スマホを抱きしめてその場で蹲《うずくま》った。

インドア派な私でも、今なら陽気な音楽で踊れそうだ。

宇宙飛行士の最終選抜試験に通った。

アメリカ行きの前夜、私は久々に実家に泊まった。

「あの子、いつの間にあんなに頑固になったのかしら」

歯磨きをしているとリビングから母の声が聞こえてきた。

私はそっと聞き耳を立てる。

「言っても聞かないなんて。ほんと仕方ないわね」

父は笑った。

「ナツナは昔から、君に似て頑固だったじゃないか」

仕事帰り、駅前で弾き語りをしている人の歌声が私の足を止めた。
「この道を選ぶ。幾千の間違いも、治らない傷跡も、全て鍵になるよ」
愛の歌だろうか。夢見る人への応援歌だろうか。
救われるような心地がした。
私の恋も夢も、奇怪なんかじゃない。
人は皆、迷いの末に道を見つけるのだ。
この歌のように。

ロケットに乗り込む直前、仲間達と抱きしめ合った。
私達はプラントへの到達という偉業を成し遂げられるかもしれない。

でも打ち上げが失敗すれば今日が命日になる。
大気圏を出られてもどこで夢破れるか分からない。

それでも私は落ち着いていた。

私は私らしく将来を決めた。
今はそんな自分を誇りに思う。

覚悟を決めてヘルメットをかぶり、打ち上げに備えた。

もうすぐハッチが閉じる。

いよいよだ。

目を閉じるとたくさんの人の顔が頭に浮かんだ。
心配そうな両親の顔。
私の幸せを願ってくれたフーカの笑顔。
向こうに着いたら連絡しろよと言った、
意外と世話焼きなミナトの顔。

それから写真の中のエルの顔も。

最後、フーカとはカフェで話した。

「もし宇宙飛行が失敗したら、フーカの好きな百点のバッドエンドってやつになるね」

昔は変な考えだと思っていたけれど、今はそのロマンが少しは理解できる。

けれどフーカは違うでしょ、と首を横に振った。

「私の友達は百点のハッピーエンドが好きだったはずだけど?」

日本を発つ前、ミナトとはワインバーで思い出話をした。

伝えたいことがあったのに、
あまりに楽しくてなかなか言い出せなかった。

「あの」と声をかけることができたのは、
駅の改札を通る直前だった。

「ミナトに気持ちを返せなくてごめん。
私はエルが好きで、だから……無理してほしくないって思ってる」

「無理って？」

ミナトは腕組みをして言った。私はええっと、と言い淀む。

「その……振られた相手と関わるのって実は相当つらいんじゃないかなって。無理させてたら嫌だなと」

しばらく沈黙が続いた。

「へえ。あの鈍感がそんな気を回せるようになったとはね」

その顔は嬉しそうにも不機嫌そうにも見えた。

ミナトはフッと笑った。

「ま、俺を選ばなかったこと後悔すればいいとは思ってるけど？　それ以前に大事な幼馴染だし、約束もしたし」

「約束？」

「なんでもない。しかし最後まで我を通して本当に宇宙行きとはね」

二人で空を見上げた。

都内の空に一つだけ星が見える。

「そういうとこ、ほんと……憧れるよ」

SIDE: MINATO

俺には幼馴染がいる。

右頬にある大きな痣のせいで周りから避けられていて、
それを逆手にイジられキャラになるような器用さもないヤツで。
わりと頑なところがある。

「ずっと仲良しでいようね」

そう言われたのは八歳の夏。
幼馴染と一緒にいると自分の新しい一面に気づく。

俺って意外と律儀だな、とか。

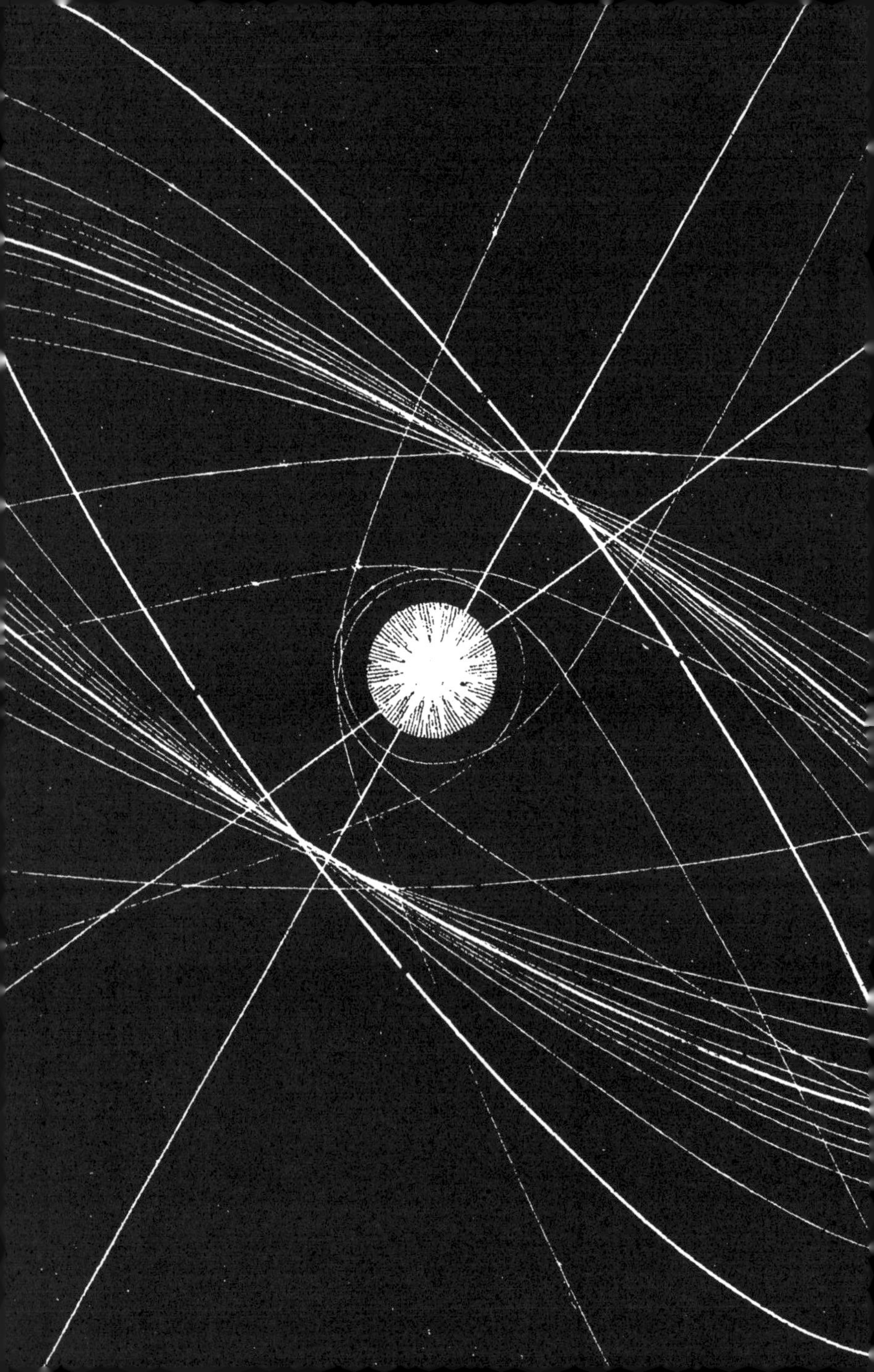

5・4・3・2・1。

カウントダウンの後、ついにロケットが打ち上がる。

少しの浮遊感がある程度で機内は案外揺れていない。

第一段機体が切り離される瞬間にようやく振動が伝わってきた。

今はただ祈ることしかできない。

それからしばらく経ち、ついに無重力空間に出た。

窓の向こうには青い星が見えた。

私は運がよかったのだと思う。

選抜試験の最中、知識豊富で能力のある人に多く出会った。
誰が選ばれてもおかしくなかった。
けれど定員がある。

私は選ばれ、そして大気圏の外から鮮やかな青を眺めている。
宇宙開発の成果を地球に持ち帰るという
使命を果たすために。

命ある限り、必ずこの星に帰ってくる。

無重力空間で仲間達と再び抱き合った。

打ち上げは成功した。

この先も危険であることには変わりないけれど、
大いなる一歩と言えるだろう。

「ナツナ、地球が見える！

綺麗ね、とても。ああ……生きててよかった！」

科学者のベルナは私の手をとって言った。

「うん！　絶対、絶対、プラントに着陸しなきゃね」

二日に一度しか返事をくれないなんて、と不満を抱いたこともあった。
だからこそ、メッセージを送ってから
四十時間後に返事が来た時は感動した。

どんどん近づいている。
プラントに、エルが生まれた星に。

それだけでも心が躍ったけれど、
ある時エルから更に嬉しい報告があった。

『やっと紛争が終わった』

プラントに到着してもエルに会えるわけではない。
ロケットの着陸地点は宇宙開発が進んでいるパラトルクという国だ。
エルの暮らす砂漠の町は惑星の真裏と言えるほど遠い。
それに私達には研究機関での仕事が山積みで、
国外旅行に行くような時間はない。
そして、エルが私のところに来るのはもっと難しい。

エルの暮らす地域は紛争が終わったばかりだ。

貧しさは相変わらず。

食べる物に困る人が多く、当然、治安も悪いそうだ。

国外へ出られるのは職があり身分が保障されている人物だけ。

そもそも生活基盤を整えるだけで精一杯のはずだ。

プラントでの滞在期間は一年。

その間に全てが解決するとは思えなかった。

『エルが見ている空と大地を、私も見たい』

それが今の夢だ。
晴れでも灰色の空と青い夕焼け、月の代わりに夜を照らす二つの衛星。
会えずともいい、夢が叶えば。

そう思っていたから、
ロケットの中でエルの近況を知った時は目を見張った。

『今朝町を出た。旅をするつもりだ』

半日前に書かれた言葉だった。

SIDE: EL

旅の支度は短時間で済んだ。

水と武器、それから一通の手紙を荷物に詰め

二十五年住んだ家を出る。

「カロン、お前はいい家族だった。どうか元気で」

玄関先までついてきた白い毛玉の背を撫でる。

廃墟同然の家で生き延びてきたんだ、今後も上手くやるだろう。

背を向けて歩き始めると、右肩に重みを感じた。

「まさか……ついてくる気か？」

カロンは僕の肩の上で、勿論だと言わんばかりに白い尾を揺らした。

こんなことは今まで一度もなかったのに。

イトネズミは賢いが利己的で、人に懐くような動物ではない。

果たして何を考えているのか。

「旅に出たいのかな。お前も」

小さく笑い、肩に乗せたまま歩き始めた。

金もなく身分もなく、この星のどこまで行けるだろう。
初めて足を踏み入れた隣町でこれからのことを思う。
不安だらけでも進むしかない。

大切な人が命をかけて僕のいる惑星を目指してくれた。
運がよかったと書いていたが、当然それだけではない。
努力と熱意が実を結んだのだ。

次は僕が人生を賭ける番だ。

旅の途中、商人の荷車の護衛をすることになった。
まさかこんな形で戦いの経験が生きるとは。

「ほら、報酬だ」

夕方、仕事を終えると雇い主から硬貨を渡された。
食べ物以外の対価を受け取ったのは久しぶりだ。
市場で昔好きだった果物を見つけて購入した。

「チチッ」

カロンは鳴き声を出し僕の手元を見た。

「うちに来た動物に餌をあげてはだめよ」

幼い頃に親からそう注意され、僕は驚いた。
普段はどんな相手にでも優しい人だったからだ。

けれど飼い主を紛争で失った動物が弱っているのを見て、
あの言葉をかけられた理由を知った。

そして今、僕は肩の上でそわそわしているカロンに言う。

「お前も食べるか？」

エルが旅に出たと知って心が波立った。

目的地はきっとパラトルクなのだと思う。
そうでないと慣れ親しんだ町を今出ていく理由がない。

大変な旅になるはずだ。
砂漠の真ん中で息絶える可能性だってある。

けれど止めることはできなかった。

私がプラントに生まれていたら、きっと同じことをしたはずだから。

それから数ヶ月経ち、私は親しい人達にメッセージを送った。

『今着いたよ』

ミナトからは『居酒屋帰りみたいな軽さだな。もっと感動したとかないの？』と小言が返ってきた。連絡をした日から二日後に。

「だって言葉にならない」

私は診療所の窓から、夜空に浮かぶ二つの衛星——ミアとルガッタを眺めた。

幾多の危機を乗り越えロケットはプラントへ到達した。
宇宙飛行中に仲良くなった科学者のベルナは目を輝かせて言った。
「本当に月が二つって感じ！
花の香りも砂の色も、人の姿だって地球と違う。
早くもっと見たいな」
同感だ。
着陸後の宇宙飛行士はリハビリが必要だから、
願いが叶うのは先になるけれど。

エルから教えてもらった通り、
昼間の空は黄色っぽい灰色をしていた。
神秘的な青い夕焼けも赤銅色の大地も目に収めた。
「私、本当に来たんだな……」
胸がいっぱいだ。
ずっとこれが見たかった。
けれどプラントに来て私が初めて泣いたのは、
エルにメッセージを送ってから五分足らずで返事が来た時だった。

『同じ星にいるんだから通話ができるんじゃないか？』

エルからそんなメッセージが来た時、私もちょうど同じことを考えていた。

こちらからかけようか？

でも少し緊張する。

発信ボタンを押すのを躊躇《ためら》っていると、急に通信端末が震えた。

画面に浮かぶ文字は『エル』だ。

「は、はい。もしもし！　ナツナです」

「もしもし……ってなんだ？」

端末のスピーカーから声が聞こえる。

平坦な口調だけれど、どうやら戸惑っているようだ。

「こ、これは地球の……じゃない！

私の国の、通話する時の挨拶みたいなもので」

「そうなのか。不思議な響きだな」

「面白いでしょ？」

ああどうして、初めて話した気がしないんだろう。

ずっと好きな人の声を聞いてみたいと思っていた。

けれど今、本当は話すのが少し怖かった。

夢を一つ叶えれば、人はまた新しい夢を抱いてしまう。

私もきっとそうだから。

「プラントの風景が見えれば、それで十分だと思ってたの」

「で……どうだった？」

「でもね、声を聞いたら会いたいって思っちゃった」

声が震え、喉が熱くなる。こんなこと言っても困らせるだけなのに。

「僕は」エルはゆっくりと話し始めた。

「僕はずっと前から会いたいと思っていたが」

時が止まったような気がした。

会いたいと言われることが、こんなに嬉しいだなんて知らなかった。

「わ、私だって本当は……」

会いたかったよ、ずっと。

それからエルとは夜に通話をするようになった。

「普通の遠距離恋愛ってこんな感じなのかな」

半日以上返信がないと不安になったり。

通話できない日は寂しくなったり。

けれどメッセージが届くたび、普通とは違うかも、と思わされる。

『少し話せるか？』

今、いいよと返事をできることが嬉しくて仕方ない。

私達の距離は少しずつ近づいている。

「豊作祈願のお祭りを見てるよ。プラントでは有名なんだってね！」
「もうそんな季節か。こちらでは明日が祭りの日だな」

これは半年前。

「そろそろ寝ようかな。エルは仕事中だよね？」
「ああ。今は昼休憩をとっている」

期待してしまう。あと少しで時差さえなくなる。

SIDE: EL

「今は情勢が悪くてね……
入国許可が下りるのはいつになることやら」

旅は途中まで予想以上に上手くいっていた。
治安の悪い国は多く、護衛の仕事はどこでも需要があるらしい。
だからこそ、パラトルクに向かう途中で
思わず足止めを食らった時は途方に暮れた。
ナツナが地球に帰るまであと数ヶ月しかない。

自分の選んだ道を後悔してはいない。

けれどナツナから「気にしないで。エルが私のいるところを目指して旅をしてくれたってだけで、すごく嬉しいんだ。だから……うん、大丈夫」と言われた時は胸が痛んだ。

大丈夫そうな様子ではない。
期待させ、悲しませてしまった。

いつも笑顔でいてほしいと思うのに。

プラントに到着してから一年が経とうとしている。

「ナツナ、見て見て！　このネオマウス。

私たちがよく知るマウスとは全然違う。

絶対生きたまま地球に持ち帰らなきゃ」

緑の毛の小動物をうっとりと撫でつけているベルナを見て、

フーカのことを思い出した。

彼女もプラントでのあれこれを知りたがるだろう。

そして時は来た。

地球へ帰還するロケットを打ち上げるのは一週間後。
機体の整備と飛行訓練の予定が詰まっているから、
比較的自由に動けるのは今日が最後。

「すまない……間に合いそうになくて」

エルの声には悔しさが滲んでいた。
私は努めて明るく答えた。

「同じ朝焼けを見ながら話せるだけで十分だよ」

三日前、エルはパラトルクへ入国できたらしい。
けれど国境付近から私のいる宇宙基地まではかなりの距離がある。
もう諦めなくては。そう思うのに、
同じ国にエルがいると考えただけで胸が熱くなった。
部屋にいても落ち着かず、
私は近くのマーケットまで出かけることにした。
それが間違いだとも知らずに。

私のいる宇宙基地はパラトルクの中でも田舎の方の場所にある。

ロケットの打ち上げ場所とは大抵そういう地域だ。

だからもっと警戒心を持つべきだった。

「珍しい目の色だな。収集家に高く売れそうだ」

「でもなあ、顔の痣が大きすぎる」

「バラけさせりゃいいだろうよ」

暗い路地裏で私は口を塞がれていた。

研究施設のあった首都から宇宙基地へ移動してきたのが二ヶ月前。

夜は治安が悪いと聞いていたけれど、
夕方から人攫《さら》いに遭うとは。

ニュースの映像が頭に浮かんだ。
宇宙飛行士一名が死亡。
死体は大きく損傷しており――。

「ん、んーっ！」

抵抗も虚しく、きつく首を絞められて徐々に意識が遠くなり始めた。

惑星プラントへ到着して、
私の人生は幸せのピークを迎えたと思っていた。

この思い出さえあれば
どんな困難も乗り越えられそうだと確信するほど。

けれどこんな形で人生が終わるのは嫌だ。
私は研究の成果を抱えて戻らなければならない。

それに、今日はエルと夜明けまでずっと話をしたいと思っていたのに。

そうだ、まだ諦めるわけにはいかない。私は一度意識を失ったふりをした。

「やっと落ちたか」

背後の人物はふうと息を吐いた。
私は首を絞める力が緩んだ一瞬の隙をついて腕の中から抜け出し、走り出した。

「くそっ、追え！」
「了解っと」

追っ手は二人。遠くへ飛びそうな意識を繋ぎ止め、必死で駆けた。

「助けて！」

現地の言葉で叫びながら走り続ける。
何度か通行人と目があったけれど、助けてくれる人は誰もいなかった。
そうだ、この辺りは身内だけで助け合う文化なんだっけ？
ああ！　最悪！
そして突き当たりでついに追いつかれた。
追っ手の一人が口を開く。
「縄か鎖で繋いどけ。……おい聞いてんのか？」

恐る恐る振り返ると、二人いたはずの追っ手が一人しかいない。

驚いているのは私だけではないようだ。

「なんだ？　さっきまでは確かに隣に」

思わず声が出そうになった。

追っ手の背後から黒い影が見えたのだ。

「まあいい。さっさと捕まえ」

こちらに手を伸ばした人攫いはゴッ、と鈍い音を立てて急に倒れた。

「なんだ、中にプレートを仕込んでないのか。ほぼ素人だな」

黒い影に見えていたのは背の高い人物だった。

中性的な顔立ちに灰白色の髪。

「首都以外で綺麗な服を着て歩き回ると危ない。こういうのに目をつけられるからな」

「え？」

「あと一週間ここにいるんだろう。気を付けてくれないと心配だ、ナツナ」

「なんで……なんでここに」

目の前で微笑んでいる人は、写真でしか見たことのない、ずっと会いたかった人とそっくりだった。

昔よりだいぶ精悍な顔つきになっていたけれど。

「遠目からでも君だとすぐに分かった。大きな痣があると書いていたから」

怪我はないか、とエルは少し屈んで私に目線を合わせた。

「少し移動するか、ここにいると厄介そうだ。
それから古いものですまないが、これを」
エルはバックパックの中から幅の広い布を取り出し、私の肩にかけた。
確かにこれなら町の雰囲気にも馴染みそうだ。
私は町外れにある丘を見つけ「あそこは？」と提案した。
エルは「構わない」と頷き、私の手を引いた。

丘の上からは町の風景が一望できる。

大樹を背に、二人並んで腰を下ろした。

「エル、なんだよね？　間に合わないはずじゃ」

自分より少し大きい、日に焼けた手をぎゅっと握る。

「ああ。実は道中で昔の仲間に会った。

医者を目指してるとかで首都の方に向かっていて……

事情を話したら力を貸してくれたんだ」

「そっか。こっちにもできたんだね、友人！」

「友人……言われてみればそうか？」

エルは感情が顔に出にくいタイプなのだろうか。

真顔のまま長考していた。

「友人といえばむしろこいつだな」

エルの上着の胸ポケットがもぞもぞと動く。

すると、ポケットの中から毛が白く、

目が緑色の小動物が顔を出した。

エルが手を差し出すと、小動物はポケットから出て腕を伝い、肩の上へひょいと乗った。

「カロンだ。前に同じ家で暮らしていると説明した……」

「えっ？　ネズミってそんなに長生きするっけ!?」

驚く私を見て、エルは初めて頬を緩めた。

「よく勘違いされるが、イトネズミはネズミに似ている別の生き物だ」

初めて見るカロンは胴が長く、尻尾の毛はふさふさしていた。
ネズミというよりはイタチに似ている。
恐らくプラントにしかいない動物なのだろう、
淡く光る緑色の目が神秘的だ。
「ううっ……そういうことかあ……」
私は両手で顔を覆った。
図書館で真剣にネズミの飼い方を
調べようとした自分が恥ずかしい。

「どうした？　ナツナ」

「な、なんでもないの。ただ過去の自分が情けなくて……」

指の隙間からこちらを見つめるエルの顔が覗いていた。

エルは「そうか」と呟くと
顔を隠していた私の手をやんわりどけようとした。

「なっ、エルさん⁉」

「よく顔を見せてくれ。

せっかく会えたんだ。何も隠さないでほしい」

今更隠すつもりもなかったけれど、改めて顔を見せてと言われると緊張する。

「わざわざ見せるほどの顔じゃないし……」

「僕は見たい」

「痣もあるし……」

「それのお陰ですぐに君だと分かった」

冷や汗が出た。

言い訳をするたびに追い込まれている気がする。

結局、私は観念して両手をゆっくりと下ろした。

目が合うと何も言えなくなった。

話したいことがたくさんあったはずなのに。

見つめ合うだけで心が重なっていく気がした。

「君の目を奪おうとしたあいつらの気持ち、分からなくはないな」

「そんな物騒な」

「冗談だ。半分くらいは」

エルは私の身体を包み込むように抱きしめた。

「ナツナ……やっと会えた」

SIDE: EL

ナツナはじきに地球に帰る。


帰り道も危険は多い。

これが最後に見る姿になるかもしれない。


「次はいつ会えるだろうな」

「すぐだよ、きっと。科学の発展は著しいからね」

宇宙飛行士の使命に燃えるナツナが好きだ。

けれどつい考えてしまう。


このまま君を連れて、世界の果てまで逃げてしまえたらいいのに。

エルの腕の中で青い夕焼けを見た。
今伝えるべきか悩むような言葉が頭に浮かび、視線が迷う。
「私は選ばれた宇宙飛行士だから。
絶対、研究の成果を地球に持ち帰る」
エルの目をじっと見つめた。
「でも思うよ。こうしてずっと一緒にいられたらいいのにね」
いいんだ、矛盾していても。
心は自由なのだから。

エルは私を抱きしめる腕に力を込め、ぐっと身体を寄せた。

「ナツナ」「うん」

顔が近づき、額と額がぶつかる。

「愛してる。ずっと」

熱のこもった声に胸の奥が疼いた。
ロケットから地球を見た時、灰色の空を見た時、そして今。
生きていてよかったと思った。
私はエルの手をとり、自分の首にそっと当てた。

SIDE: EL

宇宙基地の近くにある山に登り、
焚き火をしながら打ち上げを見守った。

僕はふと、ナツナに渡し損ねた手紙の存在を思い出した。
しかしもう遅い。

懐から手紙を取り出して火にくべる。

「メッセージを送ればいいか」

その時、轟音とともにロケットが飛んだ。
煙はロケットを追うようにどこまでも高く上った。

神田澪

熊本県出身。2017年よりTwitter上で140字ぴったりの物語を投稿し始める。時に感動を呼び、時に切なくなる物語が支持され、フォロワー数は13万人超（2021年11月現在）。2021年、第一作目となる短編小説集『最後は会ってさよならをしよう』（KADOKAWA）を刊行。「誰でも手軽に物語を楽しめるように」という思いから短編を中心とした執筆活動を行なっている。

Twitter：@miokanda
TikTok ：@miokanda

私《わたし》達《たち》は、月《つき》が綺《き》麗《れい》だねと囁《ささや》き合《あ》うことさえできない

2021年11月25日　第1刷発行

著者　神田澪《かんだみお》
発行者　佐藤 靖
発行所　大和《だいわ》書房
〒112-0014
東京都文京区関口1-33-4
電話 03-3203-4511
デザイン　山田知子+門倉直美（chichols）
イラスト　与
校正　円水社
本文印刷　厚徳社
カバー印刷　歩プロセス
製本　小泉製本
編集担当　渡邊真彩

ISBN 978-4-479-77234-7

https://www.daiwashobo.co.jp/

デザインの一部に『Smith's illustrated astronomy』の挿絵を使用しています。